ある愛の寓話

Yuka Murayama / Love Stories

村山由佳

文藝春秋

Yuka Murayama

Love Stories

ある愛の寓話

目次

ある愛の寓話

Love Stories

晴れた空の下

ねえ、先生。

先生——ですよね？

ほんとうのことを教えて下さい。何を聞かされようと取り乱したりしませんから。はっきり教えて頂かないと、自分ではわからないんです。ですからどうか——。

……そうですか。やっぱり、進んでいますか。

いえ、大丈夫です。すみません。

ふふ、そうじゃないかなあって、薄々感じてはいたんです。なんでって、それくらいはわかりますよ。失礼ながら先生のお顔も、それにしょっちゅうお世話になってるはずの看護師さんたちのお顔も、どうしても覚えられないんですから。それどころか、うっかりしたら家族のことまでわからなくなってしまうんですからね。

今朝、母が泣いている夢を見ました。でもたぶん、夢じゃないんでしょう。昨日か、一昨日かその前か、私が母の顔を忘れて泣かしてしまったんだろうと思います。

かわいそうに、お母さん。年老いた親がこちらのことを忘れてしまうのだって悲しいのに、自分の娘から忘れられてしまうなんて、どんなにつらいことか。もう、私に会わないで欲しいとさえ思います。傷つけたいわけじゃないんですから。

どうして、大切なひとのことを覚えていられないんでしょうね。ええ、わかってますよ。それがこの病気だってことくらいはわかってるつもりですけど、いまだに信じられないんです。

だって、身体はこのとおり元気だし、昔のことならはっきり覚えているし、それに私の場合、こうしてお目にかかっている間に何度も何度も同じ話をくり返してしまうわけじゃないでしょう？

それなのに、どうして人の顔がわからなくなっちゃうんだろう。家族も、会社の人も……「毎日会ってるのに」っていくら言われても、知らない人にしか思えない。

よく、顔と名前が一致しないとか、知ってるはずなのに名前が思い出せないとか、あるじゃないですか。そういうのじゃないんです。ほんとうに顔がわからないんです。そうなると逆に、街じゅうにあふれている人たち全員が、じつは知っている人なんじゃないかって思えてくるんです。

顔だけじゃありません。毎日通っている道も時々わからなくなる。

いつものスーパーへメモを握りしめて買い物に行って、そこまでは大丈夫だったのに、ふと帰ろうと思ったら家までの道がわからない。

私の家はどこですか、だなんて、人に訊いても変な顔されるばかりで……そりゃそうですよね。五十そこそこの小さいおばさんから呼び止められて、いきなりそんなこと訊かれたら、誰だって冗談だと思いますよね。

こうして並んでベンチに座って眺めている景色は、先生も私もたぶん同じです。

空は真っ青に晴れ渡っていて、緑に囲まれた小さな池があって、その水面に陽の光がきらきらと反射してる。そうですよね？

そして先生にはきっと、いま私たちの後ろに広がっている景色も思い浮かべられるはずです。病院の中からいつも見てらっしゃる風景でしょうし、つい今さっきここへ来る時だって通ってきたんだから。

私には、ちょくちょくそれがわからなくなるんです。ふり向いて確かめてみない限り、背中の側に広がっているはずの景色は真っ黒か真っ白になっちゃうんです。景色ばかりか、自分がさっきまでしていたこともね。

いったい私はどれだけの記憶をなくしてしまっているんでしょう。頭の中に、とんでもなく大きくて真っ暗な落とし穴が口を開けているみたい。

ええ。怖いですよ、とても。

ただ、そういうのにも波があって……山と谷、というか、晴れと霧、というのがいちばん近いかな。霧が立ちこめている間はひとさまにいろんなご迷惑をおかけしているんでしょうけど、晴れたら晴れたで、その間のことさえ忘れてしまうんですよね。いいんだか悪いんだか。

でも、とりあえず今日はかなりきれいに晴れています。今日のお天気みたいに、景色が遠くまですっきり見渡せる感じ。だから、ふり向かなくてもわかります、後ろにはちょうど見頃の薔薇《ばら》の花壇があって、その向こうに病院の白い建物があるの。ね、すごいでしょう。

じつはね、先生。今日は、折り入ってお願いがあるんです。

たいしたことじゃありません。ただ、私の頭の中が次にまた霧に閉ざされてしまったとして、その霧が必ず晴れるっていう保証はないから、今のうちにいろんなことを聞いておいて頂きたいっていうだけ。

だって、そうすればこの世でただひとり先生にだけは、私の生きてきた道筋を覚えてて頂けるわけでしょう？　私はきっとこの先、絶対に忘れたくない大切なことまで忘れていってしまう。それでも、先生が知っていて下さったら、そのつど教えて頂くこともできるでしょうから……。

ああ、ありがとうございます。


何から話しましょうか。そう、来し方についてお話しするなら、まずはこの子を紹介しなくちゃいけませんね。

ええ、ごらんのとおりのカエルです。手脚が細長くてぶらんぶらん揺れるせいか、あんまりカエルに見えないねってよく言われますけど。顔つきも、イギリス出身だからかな、ちょっと変わってるでしょ。なんとなくポール・マッカートニーに似てる気がしません？

名前は、〈エル〉っていいます。カエルのエルくん。そう、男の子なの。

最初の頃はもっときれいな黄緑色で、手触りだって滑《なめ》らかだったはずなのに、いつのまにかこんな渋い色合いになっちゃって、毛並みもぼっさぼさ。カエルの毛並みっていうのもおかしなものですけど、毛がなくてつるつるだったらここまで可愛くなかったと思うんですよね。お風呂には毎月入れてやってますから、こう見えて清潔なんですが、もしかしてそれがかえって良くないのかしら。まあ、しょうがない。ぬいぐるみも年を取るってことなんでしょう。

年を取ると言えば、私も同じです。この子と出会ってからほぼ半世紀たつんですものね。この年にもなって、いくらちっちゃくてもこんな古ぼけたぬいぐるみを抱っこして歩いていたら、人からどういう目で見られるかってことくらいわかってますけど、べつにいいの。今さら誰にどう思われたって気にしやしません。そんなの、とっくに慣れっこですし。

その昔、エルを連れて帰ってくれたのは父でした。四歳の頃です。

父は一人娘の私にとても甘くて、仕事で外国へ行った帰りには、それはもういろんなおみやげを買ってきてくれました。輸入関係の会社はうまくいっていて、家は裕福だったんです。おかげで私の部屋には舶来のおもちゃや人形がたくさんありました。

でも、エルとは、初めて目と目が合った瞬間から特別でした。お互いがお互いの唯一だってことがわかったんです。全部のぬいぐるみの中でいちばん愛想のない顔をしてたのに、不思議なものですよね。

以来、私はありとあらゆることをエルに打ち明けてきました。そう、子どもなら必ず通る道かもしれません。母に厳しく叱られた時も、幼稚園の友だちとけんかした時も、インターナショナルスクールでクラスの男子を初めて好きになった時も、心の裡《うち》のいちばん正直な気持ちは全部エルに聞いてもらっていました。

なんでだか、両親には言えなかったんですよ。父からも母からも充分に愛されている子どもだったと思いますけど、心のどこかに、父は母のもので、母は父のものなのだというような感覚がありました。間違ってなかったと思います。二人はほんとうに仲良しでした。

十四になった冬のことです。日曜日、父は寝坊していて、朝食の仕度をととのえた母は私に言いました。

「お父さんを起こしてきて。コーヒーも入ったし、今朝のフレンチトーストはどこへ出しても恥ずかしくないくらい完璧よ」

そうして私が二階の寝室へ行って、いつものようにくすぐって起こそうとしたら、父は、ベッドの中で動かなくなっていたんです。

心臓が止まったのがほんの二、三時間前だったとわかった時、母は半狂乱になりました。隣で寝ていたのに何も気がつかなかったばかりか、ぐっすり眠ってるのを起こすまいと先にそうっとベッドを抜け出して、洗濯機を回しながら鼻歌なんか歌っていた。もし起き抜けに気づいて、その時点ですぐに救急車を呼んでいたら、父は助かっていたかもしれないのに。

母はそんなふうに自分を責めて責めて……ちょっとでも目を離したら、娘のことなんかほったらかしてさっさと父のあとを追いかけてしまいそうでした。

その時から私は、父の代わりに母を支える役割を担うことになったんです。会社の経営は副社長だった母の弟が引き継ぎましたし、後々の生活についても、父が何もかもちゃんと考えてくれていたので心配ありませんでしたけど、それでも、まだ十四だった私には荷の重いことでした。

母は、何というか、ちょっと不安定なひとで……。

え、先生、母をご存じなんですか？

そうでしたっけ。お目にかかったこと、あるんでしたっけ。こんな具合に、すぐ忘れちゃうんですよ。ごめんなさい。

母については、だから、すごく心配なんです。父のことだけでもつらい思いを味わったのに、今度は私がこんなことになってしまって、でも今の私は自分を持ちこたえさせるだけで精いっぱいなので……。

そうですか。ありがとうございます。たまに話でも聞いてやって頂けたら、それだけで母も落ち着くと思います。

ともあれ、この子は――エルは、そうした日々の中でもずーっと私のそばにいてくれました。

毎晩、一日の出来事を耳もとに報告するのが日課でした。

耳なんてついてないじゃないかって？　やだな先生、ついてなくたってちゃんと聞こえてますとも。

ほら、ここ。この両目の付け根のすぐ脇のあたりが、この子の耳なんです。抱き寄せるとすごく落ち着く匂いがして、その匂いを吸い込みながらささやきかけるでしょう？　そうすると彼のほうも、私にだけわかる言葉でそっと答えてくれるんです。

あの、心配しないで下さいね、現実と妄想の区別がつかなくなってるわけじゃありませんから。ただ、毎日話しかけていると、ぬいぐるみがただのぬいぐるみじゃなくなっていって、本当にわかり合えているような気がしてくるんです。モノにも命が宿るっていうか。

よかった。わかって下さるんですね。

母は、嫌がってました。

「あなたくらいの年にもなって、ぬいぐるみと毎晩一緒に寝てる子なんていないわよ」

よく、そんなふうに言われましたね。

「捨てろとは言わないけど、しょっちゅう話しかけたりするのはやめてちょうだい。頭がおかしいと思われるから」

娘が、いつまでも父の思い出に執着してるんだと思って心配だったみたいです。可愛がられていた子ども時代にしがみついてるままじゃ、いつまでたっても成長できないんじゃないか。もしかして、背があまり伸びないのはそこにも原因があるんじゃないか、なんてね。ぜんぜん関係ないのに。

執着とか、そういうのじゃなかったんです。だって私、同じようにして父からもらった他のぬいぐるみは、親戚の子にあげたりしてとっくに手放してましたし、何の未練もなかった。エルを相手に、それこそいつまでも子どもみたいにお人形さんごっこをして遊ぶわけじゃなかったですしね。

私にとってはただただ、エルだけが特別だったんです。母親にも仲のいい友だちにも言えない想いを打ち明けられる、誰より大切な相手でした。

大学に進んで、やがて大手の知育玩具メーカーに就職をして。

好きなものを扱える仕事だと思ったし、ちょうど男女雇用機会均等法が施行された年でしたからすごく張り合いがあって、男性と肩を並べて働く気満々でした。

でも、法律ができたからといって、それまでの慣習が一朝一夕に変わるはずもないんですよね。女性社員はみんな、始業時間より小一時間も早く会社に出て、まず全員の机や棚を拭《ふ》き、男性が出社してきたら一人ひとりにお茶を淹《い》れ、その人たちのために業務関係のファイルを揃えるところまでが日課なんです。子どもの頃から、日本にいながら多国籍文化の中で育った私にとっては、茫然《ぼうぜん》とするようなことばかりでした。

どうして対等なはずの職場で、女だけが男のサポートをしなきゃいけないのかわからなかった。それでいて自分の仕事もこなさなくちゃならないので、帰りは果てしなく遅くなるし、毎日ふらふらでした。

二年間がむしゃらに働いて、あれは三年目に入った春だったかな、地下鉄の窓ガラスに映る顔を見てぎょっとなったんです。幽霊みたいに蒼白《あおじろ》いその顔が、自分の顔だとわかった瞬間はショックでした。

つらいことがあっても仕事自体は好きだったから、あれもこれも必要なチャレンジだとか、やり甲斐《がい》だとか思って働いてきたけど、もしかしてただ会社のいいように使われてるだけなんじゃないか。改めて疑念が湧いてきて、先に辞めていった同僚の顔が浮かびました。

でも、「ただいま」を言う気力もないくらいくたくたになって家に帰り着いたら、母が先回りして言うんですよ。

「だから言ってるじゃないの、もう辞めちゃいなさい。何もあなたがお勤めなんかしなくたって、うちはこのままでも充分暮らしていけるんだから、ね」

そう言われると、かえって意地になっちゃうんです、私。心配してくれるのはわかるけど、なんだかこう、いかにもな考え方が嫌でね。根っからお嬢様育ちの母はしょうがないけど、私は違う生き方をしてみせる。こんな若いうちから父が遺してくれたお金に頼ってるだけじゃ人として駄目になる、そう思って。

あの頃は今みたいに〈ブラック企業〉なんていう便利な言葉もなかったですし、世の中にはまだ、一旦勤めた会社を辞めるような人間は駄目なやつだっていうような空気が色濃くありましたでしょう？　私もそんなふうに思われるのは悔しかったから、つらいことはとりあえず寝る前にエルにこぼして相談に乗ってもらって……。

不思議なもので、鏡に映った自分の顔を見ながら考えることってネガティヴなほうへ傾く場合が多いんですけど、なぜだか、ぬいぐるみが相手だとポジティヴ思考になるんですよ。

「こんなのってひどいと思わない？」

って訊くと、

〈まあまあ、そんなこと言わないでさ〉

なんて宥《なだ》められたりして。

エルは私を、いつだって前向きに励ましてくれました。

どうやらそれがいけなかったみたい。おかげで、ぎりぎりまで無理をして、頑張って、頑張りすぎて……身体をこわしてしまったんです。もうすぐ丸三年という二月。気力のほうも限界でした。

入院している間、それはそれはいろいろ悩んで考えた末に、思いきって辞表を提出したら、ろくに話したこともない部長から呼び出されて言われましたっけ。

「まともに働くだけの体力もないなら、腰かけ気分で就職なんかしないで、最初から花嫁修業でもしたらよかったんじゃないかね」

ああ、いま思いだしても悔しいなあ。

体力なら人並みにありましたよ。背は伸びなくたって、充分、丈夫に産んでもらったんです。

それなのに心身に変調を来すというのは、働き方よりも働かせ方に問題があるんじゃないですか――今ならそんなふうにも言い返せるんでしょうけど、あの頃の私には言えなかった。なんだか自分のすべてを否定されたようで、しばらくは何をする気にもなれずに家でぼんやり過ごしていました。母が言っていたとおり、次の仕事をすぐに探さなくても生活に困るわけじゃない、そのことがありがたいやら情けないやらでね。

見かねた母は私に、しばらくゆっくり旅行でもしてきてはどうかと言いました。なるほど、三年足らずとはいえ休む間もなく働き続けたんだから、少しくらいは自分を甘やかしてやってもいいのかもしれない。どこか桜のきれいな温泉宿にでも逗留して、四、五日ゆっくり過ごしたら気分も変わるだろうし。

そう思って頷《うなず》いたんですけど、母の言う〈旅行〉は、私の考えていたのとは相当な隔《へだ》たりがありました。父の仕事仲間だったロンドン在住の友人に頼み、その人がいろいろと手配してくれて、私はいつのまにやらヨーロッパ一周旅行をすることになっていたんです。それも、三カ月も。

あ、いま先生、鼻持ちならないブルジョワジーだと思ったでしょう。わかりますよ、顔に出てましたもの。

いいんです。その中で育った私でさえそう思うんだから。

ただね、あの母には時々びっくりさせられるんですよ。浮世離れしているようでいて、生きていく上で必要なことは頭で考えなくても肌でわかっているみたいなところがあって、ふだんはあんまり頼みにならないくせに、ふとした瞬間に天性の勘みたいなものが発揮されるんです。父は、母のそういうところに惹《ひ》かれたのかもしれません。

実際、私も、その旅に救われたのでした。

ロンドンから入って、船でブリュッセルへ。そこからアムステルダム、フランクフルト、ウィーン、ヴェネツィア、ローマ、ミラノ、バルセロナ、マドリッドと陸路で移動して、パリではアパルトマンを借りてしばらく滞在しました。

春から初夏にかけての欧州は気持ちよくて、どこもほんとうに美しかった。一人旅は少しも苦になりませんでした。最後は再びロンドンに戻って、残りの数週間、父の友人が支配人を務めている小綺麗《こぎれい》なホテルに泊まらせてもらったんです。

エルはもちろん、ずっと一緒でした。この子にとっては里帰りですしね。かばんに入れておくのはかわいそうだから、できるだけ抱っこして、いろんな景色をふたりで眺めました、写真もいっぱい撮りました。当時はスマホどころかデジカメもまだなくて、父の形見の重たい一眼レフを持っていったんです。

高級ホテルのアフタヌーン・ティーを優雅に楽しむエル。

赤い二階建てバスに乗っているエル。

大英博物館でラムセス二世の胸像を見上げたり、ミイラにおののいたり、あるいはエル越しのビッグ・ベンや、バッキンガム宮殿と衛兵や、ポートベローの蚤《のみ》の市や、少し足を伸ばしてコッツウォルズの古い家並みや……。

用心は、していたつもりなんですよ。

でも、海外での街歩きにもだいぶ慣れて、どこかに油断があったんでしょうね。ある日、大好きなカムデン・マーケットに出かけて、屋台のお花屋さんの店先にしゃがんでエルの写真を撮らせてもらっていたら、いきなりひったくりに遭《あ》ったんです。肩にかけていたかばんじゃなく、今まさに構えていたカメラのほうを。パーカーのフードを目深《まぶか》にかぶった男でした。

とっさに大きな声が出なくて、おまけにエルを置いて追いかけるわけにもいかずに立ちすくんでいたら、ちょうど隣の屋台でフィッシュ&チップスの列に並んでいた青年がかわりに猛然と追いかけてくれて……誰彼かまわず突き飛ばしながら逃げる男の後ろから体当たりして転ばせると、周りの人たちも一緒になって捕まえてくれたんです。

取り戻したカメラを手に引き返してきた青年は、私の顔を見るなり言いました。

「アホが。どんだけ隙《すき》だらけやねん」

まぎれもなく、日本人でした。

私がマーケットのあちらこちらでカエルのぬいぐるみの写真を撮りながら呑気に買物しているのを、少し前から気にしてちらちら見ていたんだそうです。

「絵に描いたようなカモが歩いとる、思てたら案の定や。……けど、すまん、レンズ割ってもたかもしれん」

取り押さえる時に石畳の地面に投げ出されたというカメラのボディには、確かに擦《す》り傷がついていましたけれど、幸いレンズは無事でした。何より、父の形見と、エルを撮りためた大事なフィルムが戻っただけでほっとして、涙が出るくらい嬉しかったんです。

騒ぎを聞きつけてやって来た警官の聴取にその場で応じた後、私は、恩人となった青年にフィッシュ&チップスとギネスをご馳走しました。もっとちゃんとしたディナーでお礼をと思ったのに、彼がそれでいいって言い張るから。

とはいえ、英国の六月、きれいに晴れた空の下でベンチに腰掛けて食べるフィッシュ&チップスの美味《おい》しかったことといったら！

回転の悪いお店で買うと油が古くなっていたりして胃がもたれるばかりなんですけど、人気のお店のは、ポテトはカラッと、白身魚はサクッとフワッと揚がってて、甘酸っぱいビネガーをたっぷり振りかけて食べると最高なんです。特にあの時のは、これまでをふり返っても三本の指に入るくらい美味しいランチでした。

……今も思い出せる中では、という意味ですけどね。

食べながら聞いたところによれば、彼もまた旅行者、いわゆるバックパッカーでした。日本ではグラフィック・デザインを学んでいる美大生で、突然旅がしたくなり、一年を棒に振る覚悟でイタリアやフランスをうろうろしてきたんだそうです。

もしかして先生、「クイーン」っていうロック・バンドをご存じですか？　私にとっては青春の一ページなんですけど。あ、やっぱりご存じ。

その「クイーン」のフレディ・マーキュリーや、「ザ・フー」のピート・タウンゼントや、それから「ローリング・ストーンズ」のロン・ウッドなんかがかつて通っていたのが、イーリング・アート・カレッジっていうロンドンの美術大学なんです。

ストーンズの大ファンだった彼は、ここ数日、こっそり授業に潜《もぐ》り込んで雰囲気を楽しんだり、アジア各国から来ている留学生と仲良くなって飲みに行ったりしていたんだと言ってました。

——彼。

ええと……ごめんなさい、急に名前が……。

どうしてだろう、こんな大事なことまで忘れてしまうなんて。ピート・タウンゼントやロン・ウッドが出てきて、あのひとの名前が出てこないってどういうことなんでしょう。

ああもう、情けない。

……え？　〈彼〉でもわかるから、とりあえずかまわない？

ありがとうございます。そうですね。思いだしたらすぐ言いますね。

その、〈彼〉と私は、なぜだか不思議なくらい意気投合して、次の日も会うことになりました。というか、滞在中は毎日会うようになりました。

それまで私、関西圏の人と親しく接する機会がなかったものですから、最初のうちはぽんぽん言われて戸惑いましたよ。こういう言い方も失礼でしょうけど、ふだんの会話からして漫才を聞いてるみたいなんですもの。

そういえば、先生もあちらの方でしょう？　わかりますよ、言葉のイントネーションでね。

彼の話す言葉にも、慣れるまでしばらくかかりましたけど、乱暴に聞こえても根は優しいひとなんだってことだけはすぐに伝わってきました。

四つも年下のくせに彼のほうがずっとしっかりしてて、一緒にいると私、知らずに肩に入っていた力がふーっと抜けていって、心から安らぐことができたんです。そういう感覚は、父を亡くしたあの時以来、ほんとうに久しぶりでした。

すでに何度か訪れたはずの場所も、彼と行くと新鮮で……とくに美術館は、さすが美大生だけのことはあって、彼の説明を聞きながら見て回るとほんとに面白いんです。一枚一枚の絵が扉みたいに開いて、その向こうに素晴らしい景色が広がっている感じ。

それより何より嬉しかったのは、彼が、エルに対する私の想いを馬鹿にしなかったことでした。

正直に言うと、学生の頃と会社員時代に、お付き合いをした人はいました。深い仲になった人も二人。

どちらの人も、エルを見ると引き攣《つ》った感じで苦笑したものです。いい大人がぬいぐるみなんか連れて歩くのはおかしいとか、みっともないとか、気持ち悪いとか、恥ずかしいからやめてくれとか。まあ、仕方ないですよね。わからない人に何を言ったって通じないし。

彼は、そんなことは一言も口にしないでくれました。それどころか、何日目かにエルを一緒にレストランへ連れていった時、私が遠慮してかばんの中に隠したままにしていたら、彼、椅子を引いてくれたんですよ。エルのために。

信じられますか？　他人が見たら、ただのみすぼらしいカエルのぬいぐるみに過ぎないのに。

「どうしてそんなふうにしてくれるの？」

って、もちろん私は訊きました。

正直、心の中ではちょっと疑ってたんです。私のことを頭のおかしい女だと思ってて、刺激しないように相手してくれているんじゃないかしら。でもそれだったらどうして会おうとするのかしら。お金か、それとも身体が目当てかしら、なんてね。

彼は、自分の小さい頃の話をしてくれました。私とは逆に、お母さんを九歳の時に亡くしたそうで、お父さんは息子を男らしく逞《たくま》しく育てようと思うあまりのことか、ちょっと厳しくし過ぎたみたい。彼が大事にしていたクマのぬいぐるみを無理やり取り上げて捨ててしまったんですって。

「何ちゅうかこう、身体半分のうなったような感覚が、ここの奥んとこにずーっと残っとんねん」

拳で心臓のあたりをゆっくり叩きながら、彼は言いました。たかがぬいぐるみのはずやのにな、って。

「あの時、なんで俺、親父にかじりついてでもあいつを守ったれへんかってんやろ、て。いまだに、時々やけど、夢に出てきよる。親父に取り上げられた時、俺が泣いて引っぱったばっかりに腕がちぎれてしもたクマが、どっか知らん町のゴミ捨て場で雨に打たれながらこっちを見上げとる、みたいなな」

話しながら彼は、ウェイターに私たちの飲む白ワインと、ガスなしのミネラルウォーターを頼んでくれました。カエルはたぶん、炭酸は好かんやろうから、って。

ちょこんと椅子に腰掛けたエルの席にもグラスが置かれ、彼がボトルを傾けて、私と、エルと、自分のグラスに透明な水を順繰りに注ぎ分けるのを見た時——思ったんです。

（ああ、私はこのひとと一生を共にすることになるんだなあ）

って ね。

エルと出会った時と同じでした。理由はわからないけど、運命の相手であることだけははっきりわかったの。

その晩、彼はホテルの部屋を訪ねてきました。わざわざエルに謝って、壁のほうを向かせてから、私にキスをして、もちろんそれ以上のことも――。

すみません、はしたないですよね、こんなことまでお話しするなんて。聞かされるの、嫌じゃないですか？

そうですか。ええ、私も、お医者様だからかまわないかなと思って。どうか、ここだけの話にして下さい。

前にお付き合いしていた人は、どちらも年上でした。

でも、まだ学生の彼が私にしたのは、同じ行為のようでいてまったく違うものでした。

「何や、思てたよりずっとおぼこいやないか」

彼は、嬉しそうに言って私の顔を覗《のぞ》きこみました。

「前の彼氏は、してくれへんかったんかいな。こんなん」

私は一生懸命に頷いてみせました。嘘じゃありません。そんなにも時間をかけて丁寧に愛されたのはほんとに初めてだったんです。

「イヤか？」

今度は必死に首を横にふってみせると、わかった、と彼は悪い目をして笑いました。

「ほんなら、『もうイヤや』言うて泣くまでたっぷり可愛がったる。どんだけ泣いたかて、許したるなんてあり得へんけどな。絶対に」

いかにも年下らしくムキになるところが可愛い、なんて思うだけの余裕があったのはその時まででした。

今でもはっきり覚えています。あの晩の全部。

廃人にされるかと思いました。途中で彼に、このままじゃとうてい心臓がもたない、頭がばかになってしまう、身体だってもうこれ以上は無理、ほんとうにもう無理だからって、何度も何度も、何度も必死に訴えたのに、それこそ泣いて取りすがって頼んだのに、聞こえてないみたいにちっとも取り合ってくれなくて……。

甘くて、つらくて、痛みにそっくりの快楽がきりきりとどこまでも尖《とが》っていって、おそろしいほどの高みに押し上げられたかと思ったら、急に命綱がかき消えて、一気に谷底へ墜落するんです。短く気を失って、正気に返ったら、また最初から始まるの。

その果てしない繰り返し。

一晩で千年を生きたようでした。

一緒になったのは、帰国してから二年後です。彼の卒業と就職を待ってのことでした。

父から叔父が引き継いだ輸入代理店——今や私までがそこで経理をしているのに、同じ職場で働くことを彼は嫌がるんじゃないかと心配していたんですけど、杞憂《きゆう》だったみたい。美大で学んできたこととは直接の関係がなくても、買い付けをはじめ、海外とのやり取りの多い仕事を楽しんでくれているようで、少し慣れてくると次々に新しい得意先を開拓していく様子にはみんなびっくりしていました。

彼、相手が誰であろうと関西弁で通す人でね。

あ、向こうの人はみんなそう？　そうなんですか。

おかげで、すぐに顔と名前を覚えてもらえるっていう利点はあったんでしょうけど、そればかりじゃなく、やっぱり彼自身の人間的な魅力が産み出した成果だったと思います。

聞かせたら気にするだろうから内緒にしてましたけど、母はね、ほんと言うと最初のうち、彼との結婚に反対してたんですよ。まあ、無理もないんです。年下だし、知り合った頃はまだ学生だったし、ふらふら旅に出ちゃうなんて放浪癖でもあるんじゃないかと疑ってたみたいで。おまけに母には、私以上に関西弁への耐性がなかったですしね。

でも、働きぶりを見ているうちに、まず叔父が彼を気に入って、やがては母も認めてくれて、むしろすっかり彼を頼るようになりました。

幸せだったなあ、あの頃。

ううん、彼のおかげで、私はずっと幸せでした。

ものすごく仲良しだったんですよ、私たち。昔の父と母以上に。たまにはけっこう派手な喧嘩もしたけれど、後まで尾を引いたりはしませんでした。

ほら、〈子はかすがい〉って言うじゃないですか。それでいくと、私たちのかすがいはやっぱり、エルでした。お互いに腹を立てて、もう金輪際《こんりんざい》ゆるしてやるもんかと思っても、ちょっと気持ちが落ち着いてくると、エルに話しかける体《てい》を装って、言いたいことを相手に聞かせたりして……それこそ大の大人が、カエルのぬいぐるみ越しに思いの丈《たけ》を話して、しまいにはしぶしぶ笑って仲直り。おかしいでしょう？

食事も、テレビを観るのも、旅行するのも必ず三にんで、私も彼もエルにはごくあたりまえに話しかけましたし、交代でお風呂にも入れてました。どうしても置いて出かけなくちゃいけない時は、エルひとりじゃ寂しいだろうからって、彼が自分の大事にしているガンダムのフィギュアをそばに置いてくれるんです。

「ええな、子守は任したで」

なんて言って。

夢みたいでした。物ごころついた頃からずっと、親にも恋人にも理解してもらえなかったエルへの愛情を、まるごと肯定してくれるひとがいる。しかもそのひとが、私の愛する夫だなんて、そんな非の打ちどころのない幸せが自分の身にもたらされたことが信じられなかった。まるで、二人してずーっと、出会ったあの日の真っ青な空の下にいるみたいな日々。

でも、母や叔父は、子どもの顔を早く見たがって……そういうことって少しくらいオブラートにくるんで口にするものじゃないかと思うんですけど、とくに母は、結婚から三年がたつ頃にはもう、私にも彼にも遠慮の欠片《かけら》もなしに言うようになりました。

「早く産んじゃいなさいな。子育てするならちょっとでも若いうちよ」

「二人とも忙しいのはわかってるけど、日中は私が見ていてあげるから大丈夫」

私――母にも話していなかったんです。もう二度も、駄目だったこと。

どちらの時も、安定期に入る前の出来事でした。一度目は、自分の不注意かとショックで、だから二度目は夫婦そろってこれ以上気をつけようもないくらい大事に大事にしていたのに、やっぱり駄目で。

詳しい検査をしてもらって、結局、私の身体が妊娠には向いていないらしいことがわかった日の晩、彼は、まるで小さい女の子を抱きかかえるみたいに私を膝《ひざ》にのせて、右に左にゆっくり揺らしながら言いました。

「俺はな、今の暮らしになーんも不満はないで。ぜーんぶ足りとる。なんか欠けてるとか、なんか変えたいとか、思たことといっぺんもない。お前はどや」

泣けてくるほど嬉しかったけれど、私には答えられませんでした。

彼は慰《なぐさ》めようとして言ってくれたのでしょうけど、私のほうこそ、ほんとうは心の底からそう思っていたんです。もうずっと前から。

彼とエルさえそばにいてくれたなら、他には何も要らない。妊娠がわかった時だって、彼との赤ちゃんだと思えばこそ大事にしなきゃという気持ちにもなったけれど、純粋に子どもが欲しいかと訊かれたら、そういうわけじゃありませんでした。

生まれてくれば、生活は間違いなく一変してしまうでしょう。すべてが子ども中心に回っていくようになって、彼とエルと私、三にんだけの完璧な時間は永遠に消え失せてしまう。だんだん育ってきた子が、ちょっと目を離した隙にエルの脚をつかんで振り回したり、目玉をかじったりするかもしれない。そうしたら私、冷静でいられる自信がありません。金切り声を上げて子どもをひっぱたいている様子が目に浮かぶほどです。

彼が私にかけてくれた優しい言葉と、おんなじようでも違った意味で、私にとっては今の生活に欠けているものなんか何ひとつなかったんです。赤ん坊を、カエルのぬいぐるみよりも深く愛せるかどうか自信がなかったし、愛したくもありませんでした。

彼と、エルと、自分。それだけで完結する世界にずっと住んでいたかった。どう思われます？　先生。私は、どこかおかしいんでしょうか。欠けているのは、私の中の何かなんでしょうか。


「俺な、エルのためやったら死ねる思う」

時々、彼はそんなふうに言いました。

「こいつ川落ちたら迷わず飛び込むし。轢《ひ》かれそうなったら車の前でも飛び出すし。他人にはアホみたいに聞こえるやろけどな」

きっとそうでしょうね。相手が人間の子どもか、せめて生きものであればともかく、どこまでいってもぬいぐるみなんですから。

それでも、私たち二人とも同じ気持ちでした。命があるとかないとか、そんなこと関係ない。毎日必ず、おはようとおやすみを言って、可愛がって話しかけて、美味しいものを食べて、一緒に美しいものを眺めて、優しく撫《な》でて、私と彼が愛し合った後は三にんで川の字になって眠ったりもして……。

私たちの間に流れたそれなりに長い歳月《としつき》の、一つひとつはささやかで愛《いと》しい出来事のすべてを知ってくれている唯一の存在が、このエルなんです。二人ぶんの思い入れが、かれこれ四半世紀以上も積もっていった結果、この子はいつしか私だけじゃなくて彼にとっても、替えのきかない〈子ども〉になっていたんです。

そういうのって、哀しい人生だと思われますか？　子宝に恵まれなかったからといって代わりにぬいぐるみなんか可愛がるくらいなら、せめて犬か猫でも飼えば良かったのに、って。

実際、人からそんなふうに言われたこともありました。でも、犬や猫を、もしもエルみたいに愛したら、別れがどれほどつらいでしょう。基本的には私たちより先に喪《うしな》われてしまう命ですものね。

エルなら、見送らずに済みます。二人でどれだけ愛しても安心なんです。

ただね、先生。今、こうなってみると、思うんですよ。あの時、やっぱり何とかして子どもを持っておくべきだったのかなって。産むことはできなくても、愛情を必要としている子どもを引き受けるという人生だってあり得たのかもしれないなって。だって、このさき私がいなくなったら……それより先に、今覚えていることまで全部忘れてしまったら、あのひと、ほんとうに独りきりになってしまうから。

エル、ですか？

さあ、どうでしょう。

生きている子どもを、死んだ母親の棺に入れる人はいないのと同じで、彼はたぶん、この子を私と一緒に送り出したりしないで手もとに残しておくんじゃないかと思うんですけど、はたしてそれが彼のためにいいことなのかどうか。もしかしたら、私がエルを連れていったほうが彼は自由になれるんじゃないかな、なんて思ったりもするんです。何しろあのひとは、私より四つも若いんですからね。これから先に新しい出会いだってあるかもしれないし、その時、色あせて毛並みもぼさぼさのカエルが邪魔になったりしたら、どちらにとっても不幸でしょう。

でも――きっと、もうしばらくは時間がありますよね。私が、何もかもを思い出せなくなるまでには。

この病気を知った最初の頃、よせばいいのに私、ネットで調べたんですよ。進行の速さや、薬の効き具合に個人差はあるものの、発症してしまったらだいたい五年から十年くらいで亡くなる人が多いって書いてありました。

今、三年目ですものね。

家じゅうに膨大な量のメモを貼って、一つひとつ確認しながら暮らしてますけど、それでもちょくちょく、忘れちゃいけない大事なことを忘れます。

今日は病院まで、エルとふたりでまっすぐ来られたように思いますけれど、帰り道、家へ迷わず帰れるかどうかはわかりません。

まあ、そんな時は誰かに教えてもらおうと思って。それこそ頭の中に霧がかかってうまく言葉が出ない時もあるから、いつもこんなふうに、首から自宅の住所を書いたカードを提《さ》げています。


ねえ、先生。

あのひと、どこへ行っちゃったんでしょうか。

以前は、病院にも一緒に来てくれていたはずなのに、どうしてだか、ここしばらく会ってないんです。家に帰っても、いるのかどうか、ちっとも私の相手をしてくれないの。

もしかしたら彼、こんなふうになってしまった私の姿は、もう見たくないのかもしれませんね。

え？

それだけはあり得へん？　絶対に？

……そうかなあ。

ここだけの話ですけど、私、彼に会っても、すぐには顔がわからないかもしれなくて、それが怖いんです。名前ばかりか顔まで忘れてしまったなんて知ったら、あのひとがどんなに傷つくだろうと思うと、ただただ可哀想で、申し訳なくて……。こんなはずじゃなかったんですけどね。出会った頃は、もっといっぱい、死ぬまで幸せにしてあげるつもりだったのに、幸せにしてもらったのは私ばっかりで。

やだ、先生。私のことなのに、どうして先生が泣くんですか。

大丈夫です。私にはエルがついててくれますし、エルさえいれば、彼は私と一緒にいてくれるはずですから。ええ、それこそ、絶対に。

たぶん、私が今日こうして先生にいろいろお話ししたい気持ちになったのは、彼と同じイントネーションが恋しく思えたせいもあるんじゃないかしら。ものすごく情のある、あったかい言葉だなって、今では心から思います。

このごろ、よく思いだすんですよ。病気がわかるほんの少し前、久しぶりに彼と旅したロンドンでのこと。

空は晴れていて、思い出の店もそのままで、彼があの時と同じようにエルを椅子に座らせてやったら、注文を聞きに来た年輩の女性スタッフが気づいて、言ったんです。

「So cute!」

まあなんて可愛いの、って。

それから、私たち二人に向かっていたずらっぽくウィンクをして、

「Your baby?」

冗談にでも誰かにそんなことを言ってもらったのは生まれて初めてで——感極まって泣きだしてしまった私のかわりに、あのひとが、笑って頷いてくれました。

「せやで」


ねえ、先生。

今日の空も、ほんとうに綺麗ですね。

同じ夢

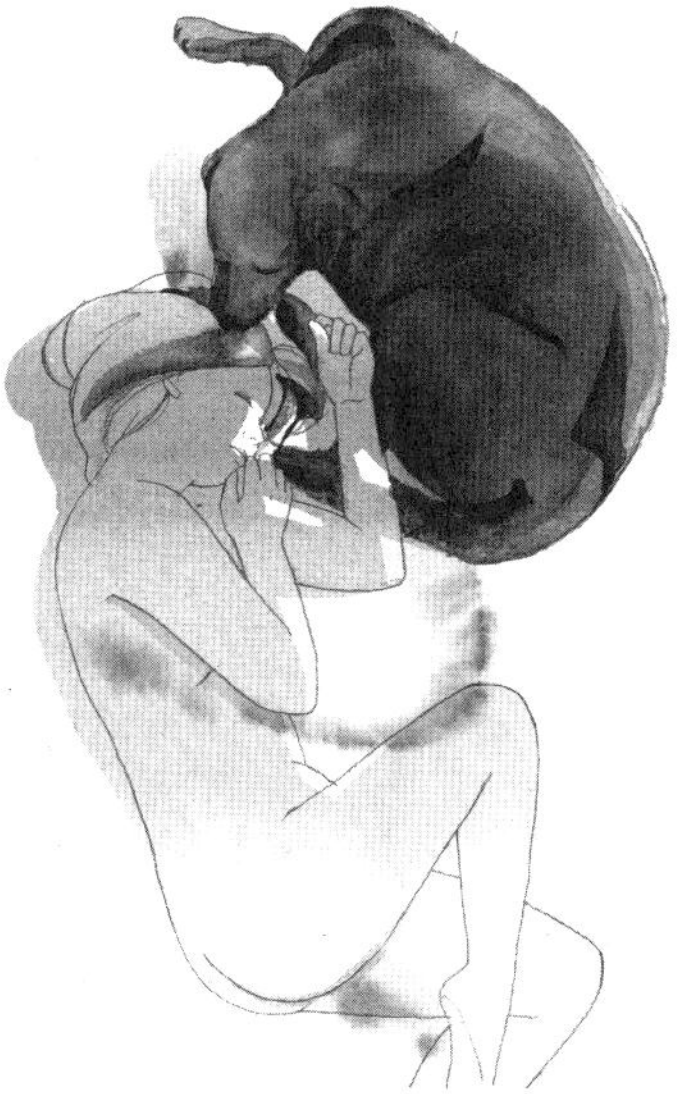

どうやらわたしはいい匂いがするらしい。

この部屋を訪れると、ジョンはいつも、目を細めてわたしの匂いを嗅ぐ。

「きつい香水をぷんぷんさせてる女が多いからだろ。あんたにはそれがない」

と男は言う。

「俺も好きだよ、あんたの匂い」

「どんなふうなの？」

「そうだな。搾りたての牛乳みたいな感じかな」

「なにそれ」

「いかにもジョンのやつが好きそうだろ」

男はそう言って笑う。

春の午後で、わたしたちは彼のリビングのソファに並んで座り、壁掛けの大画面テレビを眺めていた。たまたま映画チャンネルでやっていた『美女と野獣』を途中から見始め、いま見終わったところだ。

「ねえ、どうしてなんだろう」

エンドロールを眺めながら、わたしは前々から思っていたことをつぶやいた。

「どうして野獣は、最後に王子様になっちゃうんだろう」

「え？　どういう意味？」

男が、二本目の缶ビールを開けながら訊き返す。窓の外はまだ充分に明るい。

「そのまんまの意味。おしまいまで野獣のまんまじゃ、どうしていけなかったんだろうって」

「だってそれじゃ〈めでたしめでたし〉になんないじゃん」

わたしよりも若い男は、ビールをあおる。鋭利な喉仏が、春の陽射しにさらされる。

「そう、まさにそこよ。あの主人公は、姿かたちとは関係なく、野獣の内面を愛したわけだよね？　だったら、最後まで野獣の姿のまま〈めでたしめでたし〉でもかまわなかったはずじゃない」

「……まーた始まったよ」

男は、部屋の床にうつぶせに寝そべっている黒い大型犬のほうへ、やれやれという感じの目配せを送った。

「なんだかんだ理屈っぽいんだよなあ、この女」

「だってそう思わない？」

と、わたしもジョンに向かって話しかける。

「子どもの頃から納得いかなかったの。あれじゃ結局は、見た目の醜い野獣よりも、麗《うるわ》しい王子様に愛されたほうが女は幸せ、ってメッセージになっちゃうじゃない。そうじゃないっていうなら、あの主人公は、野獣が王子様に戻ったのを目にした時に、とりあえず怒るか悲しむかしなくちゃいけなかったはずだよ。話が違う！　って。自分がほんとうに愛したのはあなたたなんかじゃない！　ってね」

「ま、仕方ないんじゃないの？」と、男はなだめるように言った。「そもそもの初めが王子様だったんだからさ。元に戻っただけだよ」

自分だって相当な理屈屋のくせに当たり前のことしか言わないのは、今は他にしたいことがあるからだ。

腕が、肩にまわされる。わたしの脇の下は少し汗ばむ。色っぽい気分によるものというより、どちらかというと羞恥と緊張のせいだ。明るいところで親密な接触が始まるたび、わたしがこうなってしまうことに、男のほうも気づいているくせにいつも無視する。

軽いキスをしながら、男が言う。

「優しくてハンサムな男より、野獣みたいなやつのほうが好きなわけ？」

「そういうことじゃないよ」

「まーたまた。お望みだったら、狼にでも何でもなるけどね」

「ちがうったら。そうじゃなくて、好きになるって内面だけでも外面だけでもないでしょうってことが言いたいだけ」

「そりゃそうだ。俺だって、この外見あっての俺だもんな」

そのままソファで始めそうな男を、わたしは懸命に押しとどめる。

えらそうに豪語するだけのことはあって、男は申し分のない容姿を備えている。なのに自分はこんなに太っていてみっともない、そう思うせいで、わたしは、明かりを消すことのできる夜か、せめて遮光カーテンのある寝室でなければ男に自分を委ねられないのだ。この男に限らず、どんな男にも。

ジョンがこちらを見ている。犬から見たら、わたしはどんなふうに見えるんだろう。あごの下や、二の腕や、腹の周りにうっすらとのった贅肉《ぜいにく》も、彼ならば気にしないでくれるだろうか。もしかしたら気に入ってくれるかもしれない。まばゆく降り注ぐ陽の下で、首筋に軽く牙をあてられ甘噛《あまが》みされるところを想像して、わたしはひそかに興奮する。そうして、そんな自分を哀れに思う。

結局、男の強引さが勝った。快楽が羞恥を押しやったとも言える。

服は脱がず、下着だけをおろしてつながるわたしたちを、ジョンは相変わらず寝そべったまま眺めている。目の前で始めたのはわたしたちのほうなのだから、彼を責める権利はない。

黒々と湿った鼻が、注意深く蠢《うごめ》く。

きっと、濃厚な匂いが漂っているのだろう。昨夜の入浴から時間がたって発酵した二人ぶんの局部の匂いと、男の肌ににじむ汗、それから、おもにわたしから分泌される、汗よりも酸味の強い匂い。

ジョンがわずかに鼻面をもたげる。もっと近くへ嗅ぎに来たいのを、じっとこらえているようだ。人間の牡《おす》と牝《めす》が番《つが》っている時に割って入ってはいけないことを、彼は誰から教わったのだろう。前の飼い主からだろうか。そんなこと、訓練所で教えてくれるとは思えないから。

あまり余裕がなかったとみえ、男は一気に坂道を駆けのぼるようにして、わたしの中に果てた。ピルを飲んでいると知ってのことだ。

体が離れると、匂いは、わたしの鼻でもわかるくらいに強くなった。男がティッシュで無造作に下半身の後始末をし、冷蔵庫から新しい缶ビールを出してくる。

ジョンと目が合うと、男は言った。

「なーに見てんだよ」

乱暴な言い方のわりに、機嫌は悪くなさそうだ。

いま男の考えていることが、わたしには手に取るようにわかる。年上の女……それも自分と違って大学出で、有名な音楽雑誌に連載を持ち、来日する大物アーティストへのインタビューも英語でやってのけるインテリ女を、意のままにしているものだから気分がいいのだ。

一年くらい前だったか初めてそんなふうに感じた時、わたしは自分をとんでもなく鼻持ちならない嫌な女だと思った。

今は、何とも思わない。事実は事実だ。そういうわかりやすいコンプレックスを含めて、彼が彼であるように。

シャワーを浴び、体の中まで念入りに洗ってからリビングに戻ってくると、ジョンがまた鼻をひくつかせた。シャワーソープの香りは、彼にとってはつまらないものらしい。すぐに元通り、床に伏せて前肢にあごを乗せる。

「さっきの話だけどさ」

男は、飲みかけのビールをこちらに渡してよこした。

「何の話？」

「言ってたじゃん。好きになる時は、中身も見た目も全部合わせて好きになるんだ、みたいな」

ああ、とわたしは頷《うなず》く。

「それがどうしたの？」

「考えたんだけど、もしもの話さ。もしも俺が、頭が七つもある鱗《うろこ》だらけのバケモノだったらどうすんの？　それでもこうしていられる？」

「それは……そうなってみないとわからないけど」

すると男は、してやったりというふうに笑った。

「まあ、まず無理だと思うね。目の前に普通の男とバケモノがいたとして、中身が同じくらい優しくて誠実だったら、女はやっぱり見た目のまともなほうを選ぶもんだろ」

わたしは、少し混乱して眉を寄せる。何かが違うのだが、彼の言っていることにも一理あるような気がして、どう反論していいかわからない。

「要するに、あんたがさっき言ってたことは綺麗事《きれいごと》でしかないってことだよ」

たかがこんなことで勝ち誇ったように、男は言った。

「王子様に戻らなくてもよかったなんてセリフ、映画に出てきたあの野獣の姿がたまたまけっこうキュートだったから言えるんであってさ。〈ほんとうに愛したのはあなたじゃない〉って？　そんなもん、王子よりも七つ頭のバケモノでないと愛せない！　て言い切るくらい強いこだわりがない限り、所詮はごまかしじゃん。そうだろ」

黙っていると、男はやがて満足げな笑みを浮かべ、

「なーんてな」

わたしの頬をぽんぽんと軽くたたいた。

「ごめんな、いじめちまって」

「……ううん」

そんなふうには、全然、まったく、思っていない。けれど言わないでおく。

壁の時計を見上げ、

「あ、もうこんな時間」

わたしはさりげなく話をそらした。

ジョンがさっと頭をもたげる。

「日が暮れないうちに、お散歩行ってこないと」

散歩と聞くなり立ちあがったジョンを見て、男が苦笑する。

「そうだな。頼むわ。リードは玄関のいつものとこに置いてあるから」

「了解」

ジョンのそばへ行き、耳の後ろを搔《か》いてやる。たまらないといったふうに目を細めた彼の後ろ肢が、さも自分で搔いているかのように動く。

「わかってると思うけど」

例によって男は、言わずもがなの念を押した。

「外で誰かから俺のことを訊かれても、」

「『誰ですか、それ』でしょ」

「そう。じゃ、その犬が俺のじゃないかって訊かれたら？」

「『ペットシッターなんです。代わりに散歩しています』」

「オッケー。そんな感じでよろしく」

わたしは黙って微笑《ほほえ》み、ジョンを促した。

首輪とリードは、この犬の場合、あくまで他人を安心させるためのものだ。ラブラドル・レトリーバーはおおむね子どもからも好かれる犬種だけれど、ジョンみたいに全身真っ黒だと、それだけで無闇に怖がる人もいる。

赤い首輪とリードを付けた彼を連れ、わたしは専用エレベーターで一階へ下りた。いわゆる〈ペット〉同伴の場合は、そのエレベーターと裏の出入口を使わなくてはならないきまりがある。

メインのエントランスはオートロックになっていて、下のインターフォンから訪問先の部屋番号を押し、住人が応えて解錠しない限り入れない。ロビーには常駐の管理人がいるから、たまたま入ってくる誰かの後ろから便乗して侵入するのもまず不可能だ。要するに、有名人、あるいは自分を有名だと思っている人間が住むには具合のいいところというわけだった。

外へ出たとたん、ジョンはたちまち鼻を突きあげて興奮を表した。押し寄せる雑多な匂いが鼻腔を刺激するらしい。

犬は、目よりも耳よりも鼻で世界を認識する。匂いで、視《み》る。彼の注意の向く先を見ていると、わたしにも様々な匂いが感じられる。

アスファルトの上でだんだん乾いてゆく水たまりや、飲食店の裏に昨夜から出しっぱなしの生ゴミや、公園の湿った土や、とっくに掃除された吐瀉物の名残や、今朝咲いたばかりの桜草、芽吹いた若葉、蝶のまき散らす鱗粉《りんぷん》、道路に貼りついた競馬新聞のインク、植え込みにしみこんだ猫のおしっこ。側溝の中を執拗に嗅いでいるのは、その奥にネズミでも死んでいるのだろうか。ネズミだったらまだしも……。怖いことを想像してブルッとなる。

歩きながらそのへんの電柱やガードレール、植え込みや立て看板といったものに鼻を近づけ、片端から匂いをチェックするジョンを、わたしはおおかた黙って許したが、それが危険なものだったり、人の迷惑になったりする場合は、「だめ」と短く叱った。リードを強く引き戻したりしなくても、それで充分だった。

その気になればジョンは、わたしの腿のすぐ右側にぴたりと付いて、先に立ちもせず遅れもせずに歩くことができる。ものごころついた時分から、専門の施設で家庭犬としての訓練を受けてきた成果だそうだ。

じつのところ、部屋にいるあの男はジョンの飼い主ではない。子犬だった彼をブリーダーから譲り受け、訓練所に預け、手もとに引き取ってから三年あまりを一緒に暮らした人間は別にいる。才能のあるベーシストだった。

ちなみに、名だたるベーシストにはなぜか「ジョン」という名前が多い。デュラン・デュランのジョン・テイラー、クイーンのジョン・ディーコン、レッド・ツェッペリンのジョン・ポール・ジョーンズ、そしてザ・フーのジョン・エントウィッスル……。

わたしの知る限り、我らがジョンと飼い主のベーシストは、けっこううまくやっていた。いささか情緒不安定なところのあるベーシストは、そのぶんジョンのことを頼りにしていて、ジョンのほうも彼の支えになれることが嬉しそうだった。

でも、つい先月、彼はオーバードウズで死んでしまった。悪い薬の隠し場所を、部屋へ調べに入った警察官に教えたのはジョンだ。知っていても、犬にはどうすることもできなかったのだ。たとえ袋をくわえていって便所に流したところで、飼い主はまたどこかからそれを調達しただろう。

そんなわけで、ジョンは今いる場所に身を寄せることとなったのだった。

あの男は同じバンドのボーカルであり、リーダーでもあって、もとより折り合いの良くなかった仲間の死にざまについては、

「大迷惑もいいとこだぜ」

というのが本音のようだった。

代わりのベーシストを探さなくてはならないから、ばかりではない。薬物に関してはメンバーまでもが疑われ、任意とはいえ血液検査の結果を提出させられている。ほんとうは

うすうす気づいていたのに黙認していたことまで知られれば、バンドのイメージはなおさら悪くなるだろう。

〈孤独の中で死なせてしまった仲間への償いのために、彼が唯一愛していた犬を、今は自分が引き取って面倒見ている〉

というお涙ちょうだいの物語は、つまり、ファンや世間の悪印象をわずかでも挽回せんがためのパフォーマンスのひとつなのだ。本人がそう言うのだから間違いない。

犬たちは、飼い主に清廉潔白を求めたりはしない。けれど、自分に向けられる愛情や興味の多寡には敏感だ。

とりあえず餌や水を与えてはくれるものの、あの男には犬との生活を積極的に楽しもうとか、関わりを深めようといった気分の持ち合わせはないらしい。そっちがその気なら、とジョンが思ったかどうか、いずれにせよここひと月ばかり、彼らの間にはずっと同じくらいのよそよそしさが保たれていた。

わたしがあの部屋を訪れるのは、週に一度か多くて二度だ。行けばたいてい、他の女の痕跡を発見することになる。

初めの頃はいちいち傷ついていたそんなことにも、最近はほとんど心が波立たなくなって、それを覚《さと》ると男の側も図々しさを増し、わたしに他の女の話をするほどになった。いずれも男にとって特別な相手というわけではないらしい。こう言っては何だが、犬ころ同士みたいなものだ。来て、じゃれて、交尾をしたら帰る。

それでも、少し前には、自分のものでない髪の毛をシーツの上に発見した女がちょっと不機嫌になったことがあった。男は笑いながらわたしに言った。

「『犬の毛だよ、ばかだな』って言ったら信じちゃったよ」

よくもまあ、息を吐くように嘘をつくものだ。ジョンを寝室に入れたことなど一度もないくせに。

実際には本気で信じたわけでもなかろうが、女はそれからしばらくするとまたやって来たそうだ。それこそ、群れの中の順位付けがはっきりしている犬のように、おとなしく自分の立場を受け容《い》れたのだろう。後腐れのない、それなりに賢い女を、男は上手に選んでいた。

「しかしまあ、最中の女の声ってのは、どうしてあんなにきゃんきゃんうるさいかね。あれで醒める」

幸いなことにマンションの部屋は広く、女たちが彼に抱かれて浮かれ騒いでいる間、ジョンはリビングかキッチンに避難していることができた。

わたしは、できるだけ喘《あえ》ぎ声をもらさないようにこらえた。醒めると言われたからじゃなく、そうすると男がかえって熱を上げるからでもない。私みたいなデブが生意気にそんな声をもらすのが恥ずかしかったからだ。男が射精に向けてどれだけ腰の動きを速くしても、自分の口に手をあて、声をかみ殺して我慢をした。

けれど、犬の聴力にはかなわない。

気がつくとジョンは、いつのまにか寝室の入口にじっと座って、一部始終を眺めているのが常だった。相手は犬だというのに、見られていると思うとわたしは妙に興奮し、男もそれを知っているからわざとドアを閉めずにおく。

月も星もない真夜中、たるんだおなかも大きなお尻も、男には見えていないと思ってようやく安心しているわたしの全部を、ジョンの目は余さずにとらえていた。

商店街を抜け、住宅地をも抜けてしばらく行くと、道はやがて堤防に突きあたる。古びたコンクリートの階段をのぼり、堤防の上の道にも石ころだらけの川原にも人がいないことを確かめると、わたしはリードをはずし、ジョンを自由にさせてやった。

とたんに、まっすぐな道を思いきり走ってゆく。川や、草や、温められた石の匂いを嗅ぎながら走る。風を受けて耳がなびく。顔がひとりでに笑う。垂れた舌が乾き、上顎《うわあご》に貼りついたらしく、カハッと咳《せき》をする。

堤防を駆け下り、石ころを踏んで跳び、川の中に入る。春とはいえかなり冷たいはずだが気にする様子もない。流れに目をこらし、何が見えたのか、思いきり蹴散らしながら美《お》味《い》しそうに水を飲む。

川原をひとしきり探索したジョンは、やがて思い出したようにこちらをふり向いた。わたしは堤防の裾《すそ》のほうに腰を下ろし、満ち足りた気持ちで彼を眺めていた。

目が合うと、彼がこちらへ駆けてくる。

「そんなに楽しいの」

息を乱しているジョンの顔を両手ではさみ、わたしはその目を覗《のぞ》き込んだ。レトリーバーらしい満面の笑みだ。あの男にはなかなか見せないほどの。

「足、びしょびしょじゃない」

ふん、と鼻を鳴らすジョンを見て、わたしも笑った。

「寒くない？　風邪ひかないでよ」

そんなに柔《やわ》じゃない、と言いたげに横を向いた彼はしかし、わたしがそうして欲しいのがわかったのか、もう遊びに行くのはやめ、そばにくっついて座った。

なめらかな、つやつやの背中を抱き寄せる。もたれかかってくる重みと獣くさい体臭があんまり懐かしくて、わたしは彼を両腕で抱えるようにして全身を愛撫した。

両目の下から先は、毛の流れに沿って鼻面へ。額から後ろは、これも毛の流れに沿って頭部、うなじ、背中から尻にかけて。陽射しに温められた体じゅうに、ちょうどいい圧を加えながら、何度も、何度も撫《な》でさする。もう一方の手であごの下と喉元を掻いてやると、ジョンはとろとろと溶けてだらしのない顔になっていく。

「あなたはほんとに、あの子にそっくりだね」

わたしはささやいた。

小学生のころから実家を出る間際まで飼っていた、真っ黒なオスの雑種犬。初めてジョンを見た時は涙が出そうだった。体こそそこまで大きくはなかったけれど、顔立ちが、とくに目もとが、本当によく似ていたのだ。

その犬を、わたしは、まぎれもなく自分自身より深く愛していた。学校から走って帰ってできるだけ一緒に過ごし、友達と出かける時も可能な限り連れて行き、暗くなれば足や体を拭いて家に上げ、夜は同じ布団で抱き合って寝た。

最期のひと呼吸まで見届けた。半身をもがれるよりつらかった。彼を喪《うしな》ったのにどうしてわたしは生きているのか不思議でならなかったし、ほんとうは同じ火で一緒に焼かれたかった。

その犬に対する愛情までもがたっぷりと上乗せされたわたしの愛撫を、ジョンは今、全身で受け止めている。

「どう、気持ちいい？　ここ撫でられるの好きでしょ」

返事は、ううっふ、という満足げな呻《うめ》き声だ。心を許した相手から腹を撫でられるのは、犬にとって絶大な喜びらしい。横座りになってどんどんもたれかかってきたジョンが、しまいに辛抱たまらなくなって立ちあがり、わたしの頬や耳を舐《な》めまわす。

「わかった、わかった」

わたしはくすぐったさに首をすくめた。

「ほら、もっとしてあげるから、そのかわりじっとしてて」

再び隣に座ったジョンはもう、目を開けることさえできずにいる。悦《よろこ》びが極まり、半開きになった口からよだれが糸を引き、そろえた前肢の上に垂れる。

見ると、勃起している。

そっと手を引っ込めた。

昔亡くしたその犬のことも、わたしは今ジョンにしてやったのと同じようなやり方で愛撫していた。同じ部屋で、ひとつの布団に寝て——それ以上は何も起こらなかったけれど、もしかすると結果論に過ぎなかったのかもしれない。いま思えば、あれは性的な触れ合いだったのだろうし、少なくとも心の中で、彼はわたしのパートナーだった。だからこそ、喪った時あんなにも苦しかったのだ。

春がもう少し深まれば、ジョンにも発情期がやってくる。ベーシストだった飼い主の考えで、去勢は施されていない。犬にとってはそれが自然なことのはずだと彼は言っていたけれど、おかげで、牝の発情の匂いを嗅ぐたび、相当な忍耐を強いられることは確かだ。

誰彼かまわず、とくに人間を相手に、マウンティングをしない訓練は積んでいる。のしかかって腰を振るのがどうしていけないことなのか、ジョンにはいまだにわかっていないに違いない。でも、人間がそれを嫌がるのなら我慢する以外にない。それが、人と犬の間の取り決めだ。

喉元を撫でさすりながら、わたしは彼の耳もとにキスをする。産毛をそよがせる春の風に吹かれながら、ジョンは牙の奥で、気持ちよさそうな唸り声をかみ殺している。

＊

半月ほどたって、男はメンバーと旅に出た。

名目は〈追悼ツアー〉――新しいベーシストはまだ見つからず、今回はよそのバンドから助っ人を呼んだらしい。

「月末までには帰るから」

男は、わたしに鍵を預けて言った。

「こいつの面倒、頼むわ。いっそのこと一緒に連れてって、なんならステージにも上げてやりゃ話題になるかと思ったのに、事務所からOK出なくてさ。泊まるとこなんかどうにかなるだろって言ったんだけどね」

わたしは、微笑みながら首を横に振った。

「かわいそうだよ。慣れない環境で、いきなり大勢の前に引き出されたりしたら」

まったくだ、というふうにジョンが尻尾《しっぽ》を振る。それでなくとも犬の耳は繊細なのに、大音量のステージなどもってのほかだろう。

「まあいいや。東京公演は聴きに来るよな」

もちろん、とわたしは言った。

「楽屋取材にも行く予定だから、よろしくね」

男は、わたしの頬に（ジョンが先に舐めたところに）、おざなりに口づけて出かけていった。

ひとりで留守番をする時間は長くなったのに、ジョンはさほど苦痛でもなさそうだった。反りの合わない人間と空間を分け合うより、ひとりで寝ていたほうが気分はいいということらしい。

わたしは毎日、男の部屋に通った。誰かに会う仕事のない時にはノートパソコンを持ち込んで書きものをし、どんなに忙しい日も、どんなに天気が悪くても、朝夕二回、ジョンを外へ連れ出して糞をさせた。わたしのほうもまったく苦痛や面倒を感じなかった。

最初のうちはよくひとりごとを言ったものだ。

「あのひと、こっちを何だと思ってるんだろう」

この部屋の鍵をつまんで顔の前でぶらぶらさせながら、わたしはジョンに話しかけた。

「鍵を預けていくっていうのは、つまりそういうことなのかなって思うじゃない。それとも何も考えてないのかな」

まるで一緒に悩んでいるかのように、犬がきゅうんと鼻を鳴らし、額に縦じわを寄せる。

「だけどね……わたし、あのひとがいない時のほうが居心地いいみたいなんだよ。今みたいに、あなたとふたりきりのほうが。それってどう思う？　っていうか、なんであんな派手なひとが、わたしなんかの人生に現れたんだろう」

答えなど、ジョンにわかるわけがない。

けれど実際、そうしてふたりきりでいると、これまでになく通い合うものがあるのだった。

わたしは、日に日に人の言葉を話さなくなっていった。言葉以外の感覚がシンプルに、クリアに研《と》ぎ澄まされて、わたしのほうから彼らの世界に近づいている感じがした。視線を絡ませたり、息遣いを聞き取ったり、互いに黙って笑い合ったりすることで、わたしたちはふたりだけの会話を交わした。

男からは「寝室に犬を入れるな」と言われていたので、毎晩ソファで寝た。そうすれば、足もとの床に寝そべる彼の背中を撫で、呼吸に耳を澄ませていられる。

わたしが離れがたく思っているのを、彼も肌を通して感じ取っているのがわかる。男と抱き合うより、いや、他の誰に触れられるより、わたしにとっては彼に触れていることこそが喜びだった。

どこかおかしいのだろうか、とは何度も考えた。

世の中、女性が女性を好きになることも、男性が男性を好きになることもある。外国人ばかりを恋人に選ぶ人もいるし、親子ほどの年齢差がある相手しか愛せない人もいる。けれどそれらは皆、同じ人間同士だ。人が自分と違う種類の生きものを愛する場合、それはあくまで飼う者と飼われる者との関係であって、通常のパートナーシップとは異なるものと見なされている。

ジョンとの間に確かに通い合うものを、言葉でどう表現していいかわからなかった。こうしてふたりきりで過ごす時間が何ものにも乱されずに続いていくことを、わたしも彼も心の底から望んでいる。早ければ男の帰還によって終わってしまうのであろう今この時を、わたしたちは少しでも近くに身を寄せて分け合おうとしていた。

何日目のことだったろう。明け方、わたしはびくっと跳ねて目をさました。

とたんに彼を探し、名前を呼んだ。

キッチンへ水を飲みに行っていた彼が小走りに戻ってくる。爪が床にあたる音が、暗がりの中に規則正しく響く。

わたしはソファから床へ滑り降り、そばに来た彼の首っ玉に両腕を巻き付けるようにして抱きついた。熱く濡れた舌が、なだめるようにわたしの頬を舐めまわす。

「ああ、よかった……」

久しぶりに言葉に出して、わたしはささやいた。心臓がどきどきしている。自分の寝汗の匂いが甘酸っぱく、彼もこれを嗅いでいるのだと思うとせつなかった。

「いま、夢を見てたの。あなたが人間の男になって私を抱きしめる夢」

彼は、少し体を離してわたしを見つめた。探るような目だ。自分が犬のままであることに、わたしががっかりしているんじゃないかと思ったのかもしれない。

「ちがうの」

と、わたしは言った。

「お願いだから人間になったりしないで。そのままの姿でいて。絶対だよ」

たとえばあの男のような体が、彼に備わっていたならどうだったろう。わたしの前に堂々と立てる二本の脚と、わたしを抱きしめられる腕と、広い胸板と、そして……。

ちがうの、と、再び口からこぼれる。

そんなことをまるで望んでいない自分、そんなものにまったく魅力を覚えていない自分を確かめて、心の底からほっとしていた。

その晩、わたしたちは床で眠った。ソファは、ふたりで抱き合うには狭かったのだ。

疲れきったわたしがやがて再び眠りに落ちかけた時、彼がそろりと立ちあがるのがわかった。また水か餌のところへ行くのかと思ったのに、そのまま、すぐそばに立ちつくしているようだ。

呼吸をそのままに、ほんのかすかに薄目を開けて様子を窺《うかが》う。

リビングの窓から射し込む月明かりに照らされて、黒い犬はなおさら大きく見え、太古の神のように美しかった。漆黒に濡れた双眸《そうぼう》がわたしを、わたしだけを見つめている。いささか肉感的に過ぎるこの体も、二重になったあごも、福々しくて大嫌いな手の甲のくぼみも、ぜんぶ彼の瞳に映っている。

すっと鼻面を寄せてきた彼が、わたしの唇からもれる息を嗅ぐ。いっそのことその牙で、わたしの喉笛を切り裂き、骨を噛み砕き、あふれる血の最後の一滴まで舐め尽くしてほしい。どんなに甘美な死であることだろう。

その悦楽を夢に見ながら、わたしの意識は眠りの淵を滑り落ちていく。およそ経験したことのないほどの深い眠りだった。

予定通り、男は月末に東京へ帰ってきた。

最終公演の取材の日、出かける時には張りきっていたわたしは、どこか腑に落ちない気分で戻ってきた。アンコールも終わり、楽屋を訪れる関係者への挨拶が済んだ後、いつものようにカメラマンに撮影してもらいながらインタビューをしたのに、反応がさっぱりだったのだ。中心人物たる男だけでなく、バンドのメンバーの誰もが分厚い膜の向こう側にいるようだった。薄ぼんやりしているのに、同時にぴりぴりしてもいるような。

「ぜんぜん駄目だったね」

外へ出たとたんに、カメラマンも苦い顔で言った。

「なんだろな、あれ。あんな愛想のない奴らだったっけ」

マンションの部屋に男が帰ってきたのは翌日のことだ。

数週間にわたって持てる限りのエネルギーを放出し、長いながい祝祭に身を任せてきた者特有の、疲労と堕落の匂いがした。饐《す》えた匂いだった。

用意しておいた料理にはほとんど箸をつけず、男は酒ばかり飲み、朝になってわたしが帰ろうとすると呼び止めた。

「……なに？」

ふりむくと、ベッドに寝転がったまま言った。

「鍵」

「あ」

一瞬、自分でもおかしかった。本当に失念していたのだ。鍵を預けてよこすなんてどういう気でいるのだろうなどと、ついこの間まであれこれ考えていたというのに。

「ごめんなさい、忘れるところだった」

うつむいてバッグをまさぐろうとするわたしに、けれど男は再び言った。

「そうじゃなくて」

「え？」

「そのまま、持っててくれる。犬のことを頼めるような女、あんたしかいないし」

わたしは、昨夜以来初めて、自分が笑顔になるのを意識した。寝室のドアのすぐ外からジョンが見上げてくる。その硬い頭を撫でてやる。

「了解。あなたがそれでいいなら、大事に預かっておきます」

「うん。それから、悪いんだけど」

「わかってる。朝だから、裏口から出るようにするね」

「――オッケー。そんな感じでよろしく」

と、その時だ。

突然、ピンポーン、とインターフォンが鳴った。思わず吠え声をあげたジョンを制し、男はチッと舌打ちをした。

「……もうかよ。早過ぎるっての」

「え？」

再び、ピンポーン、ピンポーン、ピンポーン、と続けざまに鳴る。一階のメイン・エントランスのボタンを誰かが押しているのだ。

「出なくていいの？」

男は答えない。

そのままにしていると、今度は、枕元に置いた携帯が鳴りだした。

番号を見てから耳にあてた男は、ベッドに腰掛けて短い受け答えを続けた末に、疲れ果てた様子で言った。

「わかったよ。とりあえずそっち行く。……え？　……ああ、真面目そうな服ね、そんなのあったかな。……うん、とにかく話は後で。車は地下駐車場につけてよ」

通話が切れ、画面が暗くなる。

男はようやく立ちあがり、茫然《ぼうぜん》と竦《すく》んでいるわたしの前を無言で通り過ぎると、便所のドアを開けたまま、やたらと長い小便をした。

それから、寝臭い息を吐きながらリビングへ行ってテレビをつけた。チャンネルを替えもせず、突っ立ったまま画面に見入る。

目にしているものが、わたしにはうまく理解できなかった。

いつだったか、美女や野獣や王子様が映し出されていた大画面に、今はなぜか男自身の顔写真がでかでかと映っている。過去のライヴの模様も映る。かと思うといきなり、このマンションのエントランスの映像に切り替わる。わざとらしく深刻な顔を作った中年女が、マイクを構え、押し殺した声で何やら喋っている。その女だけでなく、マンション前には何人ものリポーター、何台ものカメラがひしめいている。

インターフォンが断続的に鳴り続ける中、男は地を這《は》うような溜め息をつくと、やつれた顔でわたしを見、ジョンを見おろし、そうして、ごくかすかな苦笑いを浮かべた。

＊

〈複数で女の子たちに乱暴をしたというのは本当ですか！〉

例の中年女の声が、テレビからひときわ高く響く。警察官にはさまれ、どこかの建物から出てきた男をたくさんの男女が取り囲み、何本ものマイクがまるでナイフのように喉元に突きつけられる。

〈相手が未成年だってことは知っていたんですか〉

黒っぽい、真面目そうと言えば言えなくもない服に身を包んだ男は頬を引き攣《つ》らせ、質問には答えず、用意されていた車に乗せられて去ってゆく。

追悼ツアーの終盤、東京でのファイナルの前に訪れた地方のホテルで、男とバンドのメンバーたちはそうとう羽目を外したらしい。ファンの女の子たちを連れ込んでの乱痴気騒ぎ、やばい薬はなし、飲むのは酒だけで、もちろんベッドは合意の上――そこまではまあいい。しかし、相手のうちの二人が、翌日になって警察へ駆け込んだ。女の子をとっかえひっかえして愉《たの》しみ、女の子たちのこともそれなりに愉しませたつもりでいた彼らは、急転直下、未成年を輪姦した疑いで取り調べを受けることとなったのだ。

情報番組の中で朝から晩まで幾度となくくり返されるその一部始終を、わたしは、自分の部屋で、ジョンと並んで見つめていた。

女の子たちへの同情や憐憫《れんびん》、男たちへの軽蔑や馬鹿ばかしさを別にすれば、個人的なダメージはほとんどなかった。女として不当に傷つけられた痛みや、悲しみや、怒りといった負の感情は湧いてこず、そのことを意外にも感じなかった。今わたしの中にあるのは、ひとつのはっきりとした了解だった。

あの男がわたしの前に現れたのは、役割を果たすためだったのだ。そしてそれはもう済んだ。

「あの人には後でちゃんと許可をもらうからね」

ジョンを自分の部屋に通し、首輪とリードをはずした時、わたしは言い聞かせた。

勝手に連れて帰ってきたけれど、はっきり言って、あの男が許す許さないの問題ではない。誰であれ、食べものと水と場所さえ与えられれば、犬を所有することはできる。けれど、犬自身が認めてくれない限り、彼らの飼い主になることはできないのだ。

「すぐにでももっと広いところに引っ越すから……だから、お願い。私のものになって。私が、このさき一生、あなたの飼い主になる」

その言葉の意味がわかったのだろうか。彼の尻尾が勝手に暴れ出し、お隣との間の薄い壁をばんばん叩いてわたしを慌てさせた。

おいで、と、今度は声に出さずに彼を誘う。

寝室には、狭いながらもソファよりはましなベッドがある。わたしがうなずいてみせると、彼は遠慮なく飛び乗り、ごろんと寝そべった。

亡くした犬の残像が重なって涙が出そうになる。いつかはまた喪い、見送る日が来るのだろう。むしろ、見送れるだけありがたいことなのかもしれない。

たまたま愛した相手が犬だったから仕方がない、などとは思わない。たまたま、ではないのだ。少なくともわたしは、彼が人間の男だったらよかったのになどとは思ったことがない。今の姿であればこそ、わたしは彼を愛する。軀《からだ》をつなげなくとも愛することはできる。彼のほうも同じだ。自分と同種のどんな牝よりも、今のこの姿をしたわたしを愛し、心を許し、離れがたく思ってくれている。言葉を介さないぶん、それがはっきりとわかる。

小さな明かりを一つだけ残し、わたしは彼の隣に横たわった。思い直して一旦起きあがり、ゆっくりと服を脱ぎ捨ててから、再びベッドに滑り込む。

互いを隔てるものが何もないとわかって、彼の息が少しあがる。嬉しいのだ。わたしも嬉しい。わたしたちは今、自分とはまったく異なる、それでいて同じ姿のお互いを見つめ合っている。

漆黒の体に腕を巻き付け、

「おんなじ夢を見ようね」

鼻と鼻をくっつけてささやいた。

「ちゃんと、そのまんまの姿で出てきてよね。王子様になんか、絶対ならなくていいから」

わたしが今、陽だまりの子犬みたいにリラックスしているのが伝わるのか、彼が前肢の間にわたしの頭を抱え込み、耳もとに息を吹きかけ、優しく舐め始める。

なんという幸せだろう。思わずくすくす笑ってしまう。

たとえ部屋の明かりが煌々《こうこう》とついていても、今が真っ昼間だとしても——わたしは、彼の前でだけは恥ずかしがる必要がない。

世界を取り戻す

「今日は部活だから遅くなる」

息子の浩太《こうた》が、トーストを口いっぱいに頰張りながらモゴモゴ言った。

行儀は悪いが仕方がない。ぐずぐずしていると遅刻する。

「遅くなるって何時ごろ？」

「んー、たぶん七時過ぎくらい。コンクール前だし、ちょっとわかんないけど」

「そう。了解」

「優子《ゆうこ》は、塾の日だっけ？」

「塾は明日」

「じゃあ母さん、今日はまた早く帰ってこなきゃなんないね。ごめん」

浩太の六つ下の優子は、三十分ばかり前に登校していった。まだ小学五年生なので、家で長く一人きりにはしておけない。夫はもともと帰りが遅いから、私が会社で少しゆっくり仕事できるのは、浩太が早く帰ってこられる日だけなのだ。

けれどこんなふうに、妹のことばかりでなく、働く母親の立場や気持ちまで考えてくれる男子高校生が世の中にどれくらいいるものだろう。

私は、思わず手をのばし、息子の頭をくしゃくしゃとかき混ぜた。

「ちょ、やめろって、せっかくちゃんとしたのに！」

「もういっぺんどうぞ」

「だから、遅刻するんだって！」

「知らないよ、寝坊したのは誰？」

私は笑って立ち上がり、夫と優子の食べた皿を洗い始めた。

浩太が中学時代からずっと続けてきた吹奏楽部も、指折り数えれば今年で五年目。クラリネット担当の彼は来年の部長候補でもあるらしい。通っている高校の吹奏楽部は、毎年のコンクールでなかなかの成績を収めている。先生が熱心なのだ。

「帰り、急がなくていいからね」と私は言った。「あなたは今を思う存分やんなさい」

ちょうどトーストの最後の一口を牛乳で流し込んだ浩太が、おう、とうなずく。と、時計を見上げるなり、叫んだ。

「げえっ、やっべ！」

「こら、言葉遣い」

返事もせずに洗面所へ駆け込み、歯を磨き、たぶん髪をもう一度とかし、ばたばたと二階へ駆け上がっていったかと思うと、歌舞伎の早変わりに匹敵する素早さで制服に着替えて駆け下りてきた。行ってきまあす！　と玄関を飛び出してゆく。

「はい行ってらっしゃい。気をつけて」

たぶん聞こえてはいないだろう。ゆっくりとドアが閉まる。竜巻が家のなかを通り過ぎていったかのようだ。あと十分、せめて五分だけでも早く起きてくれればあんなに慌てる必要もないのに――。

そう思ってから、苦笑した。自分が十代だった頃を考えれば、えらそうに息子のことなど言えないのだった。あの頃は、寝ても寝ても眠かった。頭も身体も、そして心までも含めて、全身が眠りを必要としていた。

今は違う。五時間も眠ればひとりでに目が開く。もっと短時間で目覚めてしまって、そのあと朝まで眠れないこともある。長く眠れるのも体力あってのことだというのはきっと本当なのだろう。

浩太の食べたぶんの洗いものを済ませ、時計を見上げた。

「え、うそ！」

そう、息子のことは言えない。急がなくては私まで打ち合わせに遅刻しそうだ。

サンダル履きで小走りに横切る庭では、このところ目を楽しませてくれていた芍薬《しゃくやく》がいよいよ終わり、地面に濃い色の花弁を散らしていた。もう半月もすれば紫陽花《あじさい》が色づき始めるのだろう。

庭先に建つ六畳一間の小さな離れは、動物行動学の権威だった父が亡くなる間際まで使っていた書斎だ。今は私の仕事部屋であり、二年前からは寝室でもある。

今どき、二人の子どもがいながら自室を持っている女性がどれくらいいるかを考えればかなり恵まれていると思うし、この家と土地を遺してくれた父だけでなく、夫にも感謝している。そもそも父と同居してくれたこともそうだけれど、二年前、離れで寝起きしたいと言いだした私の意思を受け容《い》れてくれたのは大きかった。

それまでは正直、いろいろあった。いちばんひどい時は夫と同じ空気を吸うことさえ嫌だった。それが、結婚十八年目にして夫婦の寝室を別にしてからというもの、私たちはむしろ、これまでよりもかなりうまくいくようになった気がするのだ。

財布や手帳、スマートフォンなどを一つひとつ確かめながらバッグに入れ、急いで髪をとかし、身支度をととのえた。離れと母屋、ともに鍵を閉めたことを指さし確認してから門を出る。

と、目の前の通りに、黒っぽい縞模様《しまもよう》の猫が二匹、少し離れてうずくまっていた。私の姿を見てすぐに、なんだいつものおばさんか、と警戒をゆるめる。

いずれも片方の耳の先が桜の花びらのようにちょっとだけ欠けているのは、避妊や去勢手術が済んでいる証しだ。この子たちはもう子孫を残しません、一代限りの地域猫としてその一生を優しく見守って下さい——保護猫団体のボランティア活動にはほんとうに頭が下がる。

時間さえ許せば、離れの縁側に呼んで煮干しでもご馳走したいところだが、さすがに間に合わない。近寄って撫《な》でまわしたい気持ちを懸命に抑えて、私は駅へと急いだ。

*

自分はいったい誰なんだろう、と考えてしまうことがある。

仕事の上では〈北川九美《きたがわくみ》〉という名前をそのまま使っているけれど、戸籍に載っている苗字は結婚によって変わった後のものだ。

夫の真一《しんいち》にとっては〈妻〉で。

子どもたちにとっては〈母親〉で。

私の両親にとっては〈娘〉で。

夫の両親にとっては〈嫁〉で。

ついでに言えば、勤め先の肩書きは〈副編集長〉だ。

けれどそれらはみな役割の名称でしかない。だとしたら素の私自身は、いったい誰なんだろう？

時々ふとそんな考えが脳裏をよぎるようになったのは、四十代の半ばにさしかかってからのことだった。まだ何者でもなかった十代の頃、言い換えればこれから何者にでもなれた頃の自問とは、また違った感覚でそんなふうに思って、思うたびにかすかな不安を覚える。

それはちょうど、階段の途中でふいに足もとを意識する時に似ていた。何も考えなければすんなり上り下りできているはずが、意識したとたんにつまずきそうになる。正確には、つまずくんじゃないかと思った瞬間にハッとなって次の一歩をためらうから、結局つまずく。足もとなんか気にしないほうが日々は楽に生きられるのだという教訓かもしれない。

「北川さん、内線三番にデンワー」

物思いから覚め、本や書類の山越しに声のほうを見た。

私を呼んでいるのは佐藤《さとう》編集長で、保留のボタンを押し、手にした受話器を置こうとしているところだった。この部署にはつい先週異動してきたばかりだが、以前も別の部署で一緒だったのでお互い気心は知れている。編集部のほとんどが出払っているせいで、彼が電話を取ってくれたらしい。

「あ、すみません。どなたからです？」

「榊原《さかきばら》先生」

思わず、うっ、という顔をしてしまったと思う。携帯の番号も伝えてあるのだけれど、榊原氏はまず編集部に電話してくる。

「こちらからかけ直すって言ったほうがいいかな？」

「……いえ。出ます」

深呼吸をし、意を決して受話器を取った。

「お電話かわりました、北川です」

『ずいぶん忙しそうだね』

さっそく御注意を頂いてしまった。

「すみません、お待たせしてしまって」

榊原邦光《くにみつ》氏は、大御所と呼ばれる作家の中でも、いろいろ難しいことで有名だ。私だって担当になってからまだ一年ほどしかたっていないので、受け答えにはどうしても慎重になる。

とはいえ、そんな偏屈なキャラクターが広く世に知れ渡っているからこそ、読者は彼の作品を楽しみに読むのだ。私たちが作っているのはいわゆる暮らしの情報誌だけれど、氏には冒頭のページに長めのエッセイを毎月寄せてもらっている。毒舌と諧謔《かいぎゃく》にあふれた文章は、連載十年を超えてほとんど名物のようになっていた。

ちなみに今日の用件は、予定していた打ち合わせの日時を来週末に延ばしてほしいというものだった。内心、ほっとした。予定より早めてほしいと言われたらどうしようと思ったのだ。

仕事のスケジュールばかりでなく、私の手帳には浩太や優子の学校関係の予定も書き込まれている。保護者会に役員会、三者面談。あるいは運動会や学芸会、文化祭。それら学校の催しのほかに、それぞれの塾関係の集まりもあれば、優子が習っているピアノの発表会だってある。

どれもこれも仕事を理由にすっぽかしていいものではないし、仕事だって家庭の事情を理由に疎《おろそ》かにするわけにはいかない。両立なんて無理なんじゃないか、外で働くのをやめて家にいたほうが子どもたちのためなんじゃないか……。昔からしょっちゅう迷ったり悩んだりして、それでも今のところ、何とか仕事を続けている。ここ数年は、浩太が少しずつでも手助けをしてくれるようになったおかげでだいぶ楽になった。

夫は、現実的な面ではあまり頼りにならない。妻が働くのを応援してくれるだけましか、とは思いながらも、お互い同じように働いているのにどうして母親ばかりが子育てに家事にとあたふたしなくてはならないのか、それを考えだすとまたもやもやしてくるので考えないようにしている。

電話の向こうの大先生が矢継ぎ早に投げかけてくる言葉に、できるだけ丁寧に答えを返しながら、ぱんぱんにふくらんだ分厚い手帳を広げる。スケジュール管理はもちろんのこと、覚え書きのメモや、沢山の人のアドレスや……アナログだけれど、私はいつも必ず紙にペンで書く。スマートフォンひとつで済むなんて言われても、この目でぱっと見渡して把握できないものは胡散臭《うさんくさ》くて不安なのだ。

「わかりました。では、十日の十二時半にラウンジでお待ち合わせということで」

最初の予定を二重線で消し、翌週の同じ曜日の欄にそのとおり書き入れる。

「はい、確かに承りました。お忙しい中お時間を頂いて恐縮ですが、楽しみにしておりますのでどうかよろしく……いえ、わざわざありがとうございました。失礼いたします」

先方が電話を切るまで、たっぷり待ってから受話器を戻す。

ふう、と息をついて顔を上げると、佐藤編集長がこちらを見ていた。同情的な、でも探るような視線だった。

「榊原先生ってさ」

と、彼は言った。

「僕、まだ異動のご挨拶《あいさつ》に伺えてないんだけど、ふだんはどういう感じなの？」

いい大人のくせして、今日もまた頭のてっぺんの髪がぴょこんと立っている。寝癖じゃなくて癖毛なんだよ、と当人はいつも主張するけれど、真偽のほどは知らない。

「ふだんはって、ふだんからああいう感じですよ」

「マジでそうなの？　テレビとかで見るのと違って、会ってみたらじつはすごく腰の低い人だったとかさ。そんなようなことは、あったりしないの？」

「そんなようなことは、あったりしないですね」私は言った。「残念ながらというか何というか、要するにあのまんまの方ですよ」

「あ……そう」

佐藤編集長は肩を落とした。

「ええと、ちなみにいま延期になった打ち合わせって、いつだっけ？」

「十日の十二時半ですけど」

「それ、僕も一緒に行かせてもらっちゃ駄目かな」

え、と目をやると、彼はひどく情けない顔をしていた。

「できるだけ早くご挨拶したほうがいいとは思うんだけど、最初から一人で会うのはちょっとさ」

私は付き添いのママか、と思わなくもなかったが、まあ確かに、新しい編集長がいきなり一人で押しかけるよりは紹介する人間がいたほうがいいだろう。

「わかりました。そのかわり、お願いですから、その日は絶対遅れないで下さいよ」

「うん。でも、なんで？」

私は黙って彼を見やった。

上司としてはなかなかありがたい人だけれど、佐藤編集長には昔から一つだけ悪癖がある。遅刻魔なのだ。

そして榊原氏がこの世で最も嫌うのが、時間にルーズな人間なのだった。

翌日の午後、私は電車に揺られていた。編集部のホワイトボードに〈直帰〉と書き込んできたのは、取材先の動物病院が奇しくも我が家から歩いて行ける距離にあるからだった。

先方の意向で撮影なしの談話だけ、ということで、カメラマンどころかライターも呼ばず、私が取材して記事まで書くことになった。そういうことは時々ある。弱小出版社の悲しくも自由なところだ。

今日は優子は塾だから、取材が早く終わって帰れれば、久しぶりに多少は手の込んだ料理を作れるかもしれない。うっかり乗り過ごさないようにスマホのアラームをセットしておいて、これから会う相手の著作を膝の上で広げた。

読書は私にとって、仕事の一環であると同時に大事な息抜きだ。雑誌のブックコーナーで紹介するために読むのは新刊本が中心になるし、必ずしも読みたくて読む本ばかりとは限らないけれど、そのぶん思いがけない出会いもある。こういう仕事をしていなかったら一生手に取らなかったであろう本に深く感動させられたり考えさせられたりすると、たまたま角を曲がったら綺麗《きれい》な宝物が落ちていたみたいに、ものすごく得をした気持ちになる。

電車がガタンと揺れるたびに眼鏡がずり落ちてくるのを、中指で押し上げながら読み進む。

いっそのことコンタクトにしちゃえばいいのに、と浩太などは言う。いとも簡単に言ってくれる。

「母さん、今の眼鏡あんまり似合ってないしさ。っていうか、僕、眼鏡かけてない母さんの顔のほうが若々しくていいと思うんだけどなあ」

〈っていうか〉などとあらためて付け加えてもらうまでもない。私だって、眼鏡をかけていない自分の顔のほうがずっと好きだ。

けれどそこには、根源的な問題があった。

怖いのだ、コンタクトレンズが。透明とはいえあんなに大きな異物を、それも自分の手で目の中に入れるなんて狂気の沙汰としか思えない。

昔、使い捨てのソフト・コンタクトレンズが普及し始めたばかりの頃、友だちはみんなこぞって試し、その便利さと解放感を褒《ほ》めたたえた。

「楽だよう?」と、当時仲良しだった由美恵《ゆみえ》も言っていた。「慣れちゃえば、入れてることも忘れちゃうくらいだよう?」

入れていることはなるほど忘れられるかもしれないが、それはあくまで入れるのに成功した後の話だ。いくら痛くないと言われようが、怖いものは怖いのだから仕方ない。

そんなわけで、私は四十数年間というもの、眼鏡ひとすじでやってきた。近視にいくらか乱視が混じっている私の目にとって、眼鏡はうっとうしいけれどもなくてはならない相棒だった。

ただ、最近、愛用の眼鏡がいまひとつ合わなくなってきた気がする。かけているのに近くの文字が読みにくい。暗いところならなおさらだ。雰囲気重視のレストランでメニューを差し出されても読めたものではないし、薬瓶の裏の注意書きなど、デスク用ライトの真下まで持っていった上でなおかつ腕いっぱいまで遠くに離さないと何が書いてあるかもわからない。一回何錠という最も重要なはずの情報が、どうしてこんな芥子粒《けしつぶ》どころか塵《ちり》芥《あくた》のように小さな字で書いてあるのだろう。本当にそれでいいと思っているのかと、製薬会社の担当者の襟首をつかんで揺さぶってやりたいくらいだ。

——老眼。

なんと容赦のない言葉だろう。何かもうちょっと他に、いい感じに曖昧《あいまい》で柔らかい呼び方はないものだろうか。たとえば、老年のことを熟年とかシルバー世代と言い換えるみたいに。

夫から届くＬＩＮＥの文字がぼやけて読めず、スマホの画面を思いっきり遠くに離しては両目を細める私を見るたび、優子はおかしそうに笑う。

「何やってんの。もっと近づけないと見えるわけないじゃん」

視力１・５の小学五年生にはわかるまいと苦笑しながら、あなたはどうかその目を大事にしなさいよ、と思うのが常だった。

アラームが鳴るより前に本を閉じ、いつもの駅で降りて、自宅とは反対の方角へ向かった。動物病院の入口には〈午後の診療は四時からです〉との札が出ていたが、約束は二時だったのでかまわず入ってゆく。

と、受付にいた若い看護師が申し訳なさそうに言った。

「すみません、ちょっとこちらでお待ち頂けますか。さっき急患が入ってしまったんですが、院長はもうすぐ手が空くと思いますから」

私は早々に今夜予定していた〈手の込んだ料理〉をあきらめ、そうすると時間は気にならなくなった。

三十分ばかりたっただろうか。奥の診察室のドアが開き、白衣を着た男性医師が姿を見せた。

「お待たせしてすみませんでした」

五十は過ぎているはずだが、ネットで見た写真よりむしろ若く見える。

「あの、急患と伺いましたけど……」立ちあがりながら私は言った。「お邪魔だったのではないですか？　何でしたら日を改めても」

「いやいや、大丈夫です。どうぞ、よかったらこちらへ」

勧められるまま、私は診察台の前の白いスツールに腰掛けた。向かいに座った院長は平たい顔に眼鏡をかけている。それだけで親近感がわく。

「十九歳のおじいちゃん猫なんですよ」と、院長は言った。「かなり危険な状態で運び込まれてきて、検査をしたところ腎臓がほとんど機能してなくてね。しかも全身に腫瘍《しゆよう》が広がっていて」

「ああ……かわいそうに」

点滴をして、尿が出たことでちょっとは持ち直したようだけれども、おそらく生きてあと数日だろうという意味のことを院長は言った。

「年も年だし、手術はもう意味がないと思うので、痛みだけ注射で取り除いて、あとは落ち着けるご自宅でゆっくり看取ってあげたほうが——っていう話をさっきオーナーさんにしたところです。この人もかなりのおじいちゃんなんだけど、だったら家に上げてやれるように準備するから、今夜一晩だけ入院させて欲しいってことになりました」

「そうだったんですか……」

「ま、そんなわけで、今はとりあえず大丈夫です」

院長はこちらを見て、にこりとした。

「北川さん、でしたね。これまで、動物を飼ったことはおありですか」

私は頷《うなず》いた。

「今は飼ってませんけれど、子どもの頃から高校生くらいまで家には必ず猫がいました。父がとにかく大好きで、私はもう、好きというより兄弟みたいにして育った感じです」

「なるほど。よかった」

「え」

「飼ったことのない人を相手に生きものの話をすると、どうにもこう、いちばん大事な部分が通じないことが多くて。いやよかった、だったら安心しました」

豊かに響く声だった。これは病院がはやるはずだ、と秘かに思った。これまで様々な職種の相手にインタビューをしてきたけれど、成功している人に共通するのは顔の良さよりも声の良さだというざっくりとした実感がある。

昨今のペットブームの問題点について。犬や猫の飼われ方の変遷について。この地域の保護猫活動に協力している理由や、あるいは忙しさに追われ孤独をもてあます現代人が動物と暮らす際の心構えについて。

こちらの訊くことにいちいち真剣に考えて答えてくれる院長の話に引き込まれ、気がつけばあっというまに小一時間たっていた。本来なら休憩時間だったところをすっかり煩《わずら》わせてしまったことを詫びる。

「いやあ、お気になさらず。僕としても、安易な気持ちで生きものを飼う人たちにはほとほと困ってますんでね。いい記事にして下さると助かります」

「はい。精いっぱい努めます」

答えると、院長はふっと目尻を下げた。

そういえば、と言葉を継ぐ。

「北川さんはずっと猫を飼ってらしたそうだけど、中でもとくに記憶に残っている子っていますか」

考えるまでもなかった。

「ええ、います」

「どんな猫ちゃんでした？」

「雑種でしたけど全身真っ白で、片っぽの目は金色で、もう片っぽが青で」

「ああ、オッドアイ」

そう、そんなふうに呼ぶことも父に教わったのだった。あるいは〈金目銀目〉とも。

「私が学校の帰りに拾ってきたんですけど、うんと小さかったから『チイ』って名前にしたんです。尻尾《しっぽ》の先までまっすぐな、ほんとうにハンサムな子でした。性格もよくて、賢くて」

「完璧だ」

「ええ。だから短命だったのかも」

院長が顔を曇らせた。

「何歳で？」

「まだ七歳でした。小学四年生の時に飼い始めて、ずっと一緒に過ごしたんです。でも……看取って、やれませんでした」

「というと？」

「ご近所のどこかの家がまいた殺鼠剤《さつそざい》まじりの餌を食べてしまったらしくて……私が学校から帰った時にはもう」

もう、とっくに冷たくなっていた。

〈チイ。ねえ、チイってば〉

呼んでも、呼んでも、二度とふたたび起き上がってはくれなかった。ひらべったく固まった身体にとりすがって、どれだけ泣いたかわからない。顔を埋《うず》めれば眼鏡が当たって邪魔で、かといって眼鏡をはずせば白い姿がぼやけた。

チイと、布団を分け合って眠るのが大好きだった。中学の三年間、断続的に続いた陰湿ないじめ。担任教師からの、何となくおかしな感じのするスキンシップ。親には話したくなくて、それでも抱えておけないことはぜんぶ、チイの耳にだけ打ち明けてきた。友だちがいないのをいいことに黙々と勉強し、同じ中学の人間が誰も行かない高校へ進んだことでようやく暗い日々が終わりを告げた矢先だったのに、私はいちばん愛《いと》しい存在を亡くしてしまったのだ。

思えば、毛色のせいばかりでなく儚《はかな》い印象の子だった。ひたむきに私のことを見つめている時でも、金色の目はこちらを向いているのに、青いほうの目はここではないどこかを見ているようだった。たとえば平行宇宙か、もっといえばあの世を覗《のぞ》いているかのような遠い感じがした。

立ち直るのに、ずいぶん長くかかった。二年生に上がり、例の由美恵たちと仲良くなるうちにはだんだんチイの不在にも慣れていったけれど、時折思い出すのは最後に見た時のひらべったい身体と、半開きの口から舌をだらんと垂らした死顔で、あんまり辛すぎるからそれ以来一度も猫と暮らしていない。父も私の気持ちを知ってか、飼おうとは言いださなかった。

「なるほど、そうでしたか」

院長は、温かく乾いた声で言った。

「それは、お辛かったでしょうね」

驚いたことに、鼻の奥がずわんと痺《しび》れた。三十年も過ぎた今になって、あの子を悼《いた》んでもらえるとは思わなかった。

「ちなみに、私の下の名前は『九美』っていうんですけどね」

人には滅多に話さないことを、診察台に人差し指で字を書きながら言ってみる。

「名付けたのは、動物学者だった父なんです。『猫に九生あり』っていうことわざにちなんで、この先どんな人生を歩んでも何度生まれ変わっても美しくあれ、みたいな意味でつけたらしいんですけど、もう、ツッコミどころ満載でしょう？　そもそも学者のくせに猫の生まれ変わりを信じてるのか、って」

笑った院長が、いやいや、と首を振った。

「僕だって信じてますとも。科学だけじゃ説明の付かないことっていっぱいあるものでね。猫の生命力といったらほんとうに尋常じゃなくて、これまで何度びっくりさせられたことか」

「そうなんですね」

「九回生きるどころか、ねえ、知ってますか？　猫は、一生に一度だけ、人間の言葉を喋るんです」

「……は？」

思わず訊き返した時だ。

「お話し中すみません」

さっき受付にいた看護師が、奥から顔を覗かせた。

「院長、ちょっとよろしいですか」

その強《こわ》ばった面持《おもも》ちに、院長が「失礼、すぐ戻ります」と立ちあがって奥へ行く。

ことさらに耳をそばだてる必要はなかった。薄いカーテンの向こうから、話の内容はすっかり漏れ聞こえてきた。

先ほどの急患、余命幾《いく》ばくもないというその猫を預けて帰った飼い主に、ひとまず点滴が効いて頭をもたげる力は出てきたことを伝えようと思って電話をしたのだが、通じない。どうやら、書類に書かれた電話番号も住所も全部でたらめらしい。

やがて戻ってきた院長は、いっぺんに疲れた様子だった。私の顔を見て、聞こえてましたか、と苦笑する。

「こういうことって時々あるんですか？」

「まあ、たまにね」院長は深い溜め息をついた。「それを防ぐために、入院の場合は預かり金を置いてってもらったりもするんだけど、さっきは持ち合わせがないってことで。何となく嫌な予感はしてたんだ。やれやれ」

「どうするんですか、その猫ちゃん」

私は訊いてみた。

「うーん……これは、記事には書かないでもらえますか」

「もちろんです」

「明日の約束の時間まで待って、あのおじいちゃんが迎えに来なければ、治療はそれ以上は続けません。うちは開業医であってボランティアではないので、運び込まれる患畜たちをただで診ることはできません。どこかで線を引かないと、きりがない」

院長の言っていることは、私にも理解できた。

できたけれども、ふっと思った。その猫がもし、一度だけ人の言葉を喋るとしたら、今この局面で何と言うだろう。案外、〈もう結構〉と言いそうな気もする一方で、〈まだ死にたくない〉とか〈痛いのは嫌だ〉とか言うのではないかと想像すると、胃袋の後ろ側あたりが釣り針でもひっかかったかのように引き攣《つ》れる。

「ありがとうございました。原稿が上がったらメールでお送りしますので、すみませんがチェックして頂ければと」

時間を取ってもらった礼を言い、診察室を辞した。受付に看護師の姿は見えなかった。

ガラスドアを押して外へ出る。そよ吹く夕風は、遅い春というよりはもう初夏の気配がして、身体にまとわりついていた消毒薬の匂いが薄まってゆく。

駅の方角へと、商店街をのろのろ歩いた。いったい何を考えているのだ、と自分を戒《いまし》める。猫の姿すら、まだ見ていないのに。

それなのに、声が聞こえるような気がするのだ。いま苦しがっているおじいちゃん猫の姿が、断末魔のチイに重なる。あの子だってもしかしたら喋ってくれたかもしれないのに、一生に一度のその言葉を、私はとうとう聞くことができなかった。

立ち止まろうとするより前に、勝手に足が止まる。

きびすを返してからは早足になった。

明日もしも飼い主が現れなくても、そのあとの治療費は負担しますし、いよいよとなったら最期は私が家で面倒を見ます。これも何かの縁ですから、と頼み込んだのだが、院長は最初のうち反対した。

私は粘った。あんなにしつこく粘ったのは初めてかもしれない。こちらがどこまでも真剣なのを見て取ると、院長はようやく奥の処置室へ連れて行って、透明な酸素室に入れられたその猫に会わせてくれた。

チイとは似ても似つかない、煤《すす》けたような灰色の猫だった。前肢の静脈に点滴の針が固定されていても、嫌がる元気もないまま肩で浅い息をついている。骨が浮き出てガリガリだった。

「大丈夫だよ」

かがみこみ、目の高さを合わせて私はささやいた。

「安心して、好きなだけ生きるんだよ」

チイは青いほうの目だけだったけれど、おじいちゃん猫はすでに両目ともがどこかここでない場所をさまよっているようで、視線が結ばれることはなかった。ばかなことをしている、と自分でも思った。

翌日、病院から電話があって、飼い主は現れなかったと教えてくれた。念のためにもう一日だけ待ってもらってみたけれど、やはり連絡はつかなかった。

二日間入院して集中治療を受けたことで、猫の容態はだいぶ良くなり、自力で立ちあがって水を飲み、ペースト状のフードをごく少量ながらぺちょぺちょと舐《な》めるまでになっていた。

夕方、病院のキャリーボックスを借りて家に連れ帰ると、

「げ、何この汚い猫」

浩太はぎょっとした様子だった。

「何日かだけになるかもしれないけど、うちの家族」

私が言うと、優子が黙って立ちあがり、小鉢に水を汲んできてくれた。

佐藤編集長に事情を話すとあきれられたけれど、おかげで私はしばらくの間、仕事をできるだけ早めに切り上げることができるようになった。会社のあと病院へ寄って猫を連れ帰り、夕食までの間は家族と一緒に過ごす。夜は、離れに用意した浅い段ボール箱にそっと寝かせてやる。足もとはおぼつかないものの、猫は尿意を覚えると箱の隣に私が置いたトイレまでよろよろと起きていって、ちゃんとそこで用を足した。確実に死へ向かっているには違いないのに、何もあきらめず、かといって何も求めず、少しも慌てないのが見事だった。

　ゲラを読んだり書きものをしながら様子を見守り、猫の寝息に耳を澄ませながら眠って、朝になるとまた病院に預けて出勤する。点滴や投薬はその間にしてもらい、夜中はまた静かな場所で休ませてやる。チイにしてやれなかったことの罪滅ぼしみたいなもので、結局のところ自己満足でしかないとわかっていたけれど、この選択に後悔はなかった。猫のほうも撫でられると喉を鳴らし、私のことを目で追いかけるまでになった。

「きみらしいよ、まったく」

　週末の夜中、離れを訪ねてきた夫はそう言って苦笑した。

「この猫、名前何ていうの」

「元のは知らない。新しくはつけてない」

「どうして」

私が答えずにいると察したらしく、そっか、と呟いた。

彼のほうも猫は嫌いでないはずなのだが、怖がらせたら可哀想だからと無理に近づこうとはしない。付き合い始めの頃、そういえば彼のこういう一歩引いた思いやりがとても好もしかったのだ、と思ってみる。寝室を別にして適度な距離を取ったことで、かつては良く知っていたはずの彼の長所をこうして再び感じられるようになった。

お互いにいちばん思いがけない変化は、最近時々、ここで抱き合うようになったことだ。それもまた久々に復活したのだった。優子が生まれた頃からぱったり途絶えていたから、もう十一年ぶりになるだろうか。なければないで別にしたくもならなかったのに、軀《からだ》が思い出したとたん、妙に弾みがついてしまった。

ここでこういうことをすると、なんか親父さんに見られてるような気がする、と夫は言った。柱にも壁にも、たしかに父の気配はしみついていて、落ちつかないといえばそうなのだけれど、妙に煽られるものがあった。自分の中にそんなところがあるなんて初めて知った。

でもさすがに、いつ死んでもおかしくない猫のいる部屋ではどちらもその気になれなくて、私たちはこの日、子どもたちのことやお互いの親のこと、それに仕事のことなどをぽつぽつ話した。ガスは引いていないけれど、お湯くらいならポットで沸かせる。私は紅茶を淹《い》れて飲み、彼は麦焼酎のお湯割りを呑んだ。二人ともが黙ると猫の寝息が聞こえるばかりの、静かな土曜日の晩だった。

眼鏡をはずして目頭《めがしら》を揉んでいる私を見て、

「まだ換えてなかったの、眼鏡」

夫があきれたように言った。

「うん。なかなかお店に行く時間がなくて」

「猫の面倒を見る時間は、無理してでも作るくせに」

顔を見ると、彼は笑っていた。責めるつもりなどなく、ただそのままの意味で言ったらしい。

「幸せな猫だよ、こいつは」

「そうかなあ」

「なんで。そう思わない？」

「だって、飼い主に見放されちゃったんだよ。幸せだなんていうふうにはとても……」

「そうか？　僕はちょっと違うふうに感じたけどな」

私は、再び眼鏡をかけ直した。

「違うふうって？」

「飼い主のそのおじいちゃんだって、この猫が可愛くなかったら最初っから病院へなんか連れてかないだろ。死にそうだってんで慌てて担ぎ込んだものの、結果を聞いてみりゃ毎日点滴が必要だっていう。さすがにそんな金はない。それで病院に置いてったんじゃないのかな。悪いこととは知ってても、どうしようもなかったんだよきっと」

「それ、見放すのとどう違うの」

「わかんないけどさ。どのみち助からないなら、自分のところで苦しんで死なせるよりは病院のほうがまだましだと思ったんじゃない？　だとしたら、気持ちはわからなくもないな、って」

夜が更け、やがて夫が「おやすみ」と母屋へ戻っていった後も、私はしばらく眠れなかった。途中まで読んでいた校正刷りを再び手に取ったけれどなかなか集中できず、ようやっと読み終えて明かりを消す頃には、窓の外が白っぽく明るんでいた。

猫は、ひたすらに眠っていた。呼吸が苦しそうでないことだけが救いだった。

仕事と家事と看病に追われていると、毎日はあっという間に過ぎてゆく。休み明けの月曜日がめぐってきて、なけなしの気力を奮い立たせて一日を終えたかと思えば、すぐに週も半ばになり後半になる。

部活に精を出す一方、そろそろ大学受験のことも考えなくてはならなくてついナーバスになってしまう浩太と、思春期の入口にさしかかり、私が何か言うたびに口答えしたり逆の行動を取ったりせずにはいられない優子。

どちらも大事な時期だけに、本当はもっと向き合う時間を取ってやるべきとわかっていながらも、私には私なりに果たさなくてはならない責任があって、一日のすべてを彼らのためだけに遣うことはできない。

〈仕事の上での責任なんて、あなたじゃなくても誰だって代わりがきくじゃない〉

夫の母から、そう言われたことがある。

〈子どもにとって、母親の代わりは他にいないんだから〉

きっとそれは一面、真理なのだろう。

でも、〈母親〉である部分は私の中の一部であって全部じゃない。〈母親〉を全うするだけでは埋められない空洞があって、そこに〈妻〉を加えてみても、まだ埋まらない。

そんなの贅沢《ぜいたく》というものよ、子どもたちのためなんだから我慢しなさい、と義母は言うだろう。世の中には実際、我慢に我慢を重ねている人たちが大勢いる。

けれど私は、わがままなまんまでいたいのだ。社会と繫がっている手応えを得たいという気持ちを、無理やりに抑え込みたくはない。できるだけ貪欲でいたいし、自分の人生の一瞬一瞬を自分の力で満ち足りたものにしていきたい。

贅沢と言われたってかまわない。充実とか達成感というものは、他人からは決して与えられないものなのだから。

*

佐藤編集長ほど温厚で、部下に理解があり、多少思いきった企画でも自分が責任をかぶる覚悟で進めさせてくれる上司はあまりいない。これであとはもう時間さえ守れたら完璧なんじゃないかと思うのだけれど、神様はどうしても一つくらい欠点を用意しておかなくては気が済まないらしい。

一年ほど前、私が榊原氏の担当を引き継ぐことになった時、それまでの担当者はしつこく念を押した。

「いい？　これだけは言っとくけど、くれぐれも時間には遅れないようにね」

もし遅れたらどうなるんですかと訊いたら、黙って首を横に振るだけで、答えてもらえなかった。

それだけに、初めての打ち合わせの時は緊張して十分近く前に着いた。先方はもう来ていた。目の前に置かれたコーヒーがすでに半分くらい減っているのを見て、私は青くなった。

平謝りに謝ると、

「遅刻ではないから何も言わないよ」

榊原氏はニコリともせずにそう言ったけれど、次から私は、必ず二十分前には着こうと心がけるようになった。こうなると何のための約束の時間かよくわからないが、渋滞や電車の事故などで万が一にも相手を待たせてしまう危険と、そこから生じるかも知れない問題への恐怖を思うと、早めの二十分は掛け捨ての保険みたいなものだった。

――その榊原氏との打ち合わせが、明日に迫っている。

念のため佐藤編集長の携帯にメッセージだけでも送っておこうとスマホを取り出したところへ、ピコンとショートメールの着信音が鳴った。

お疲れさまです。

明日の榊原先生へのご挨拶、

こちらは出先から直接向かいますので

現地集合でお願いします。

絶対！　遅刻しないように！

気をつけます！

律儀にも、末尾は〈サトウ拝〉と結ばれている。

私はほっとして、こちらこそよろしくお願いしますと返事を書き送り、もう一度文面を読み返した。

絶対！　のあと、合計三つも付けられた〈！〉に、心配と緊張がようやくほどけてゆく。これで遅れてきても後は知らないし、と思ってみる。

いずれにせよ、顔合わせと打ち合わせが終わったら、私は早めに病院に寄り、猫を引き取って帰る。それだけは今から決めていた。

その晩、優子が大泣きをした。些細《ささい》なことで兄妹喧嘩をした末に、浩太に泣かされたのだった。

小学校五年生の女の子が高校二年生の兄にかなわなくても当たり前なのだが、私はむしろ、浩太の余裕のなさのほうが気になった。いつもなら反抗期の妹のちょっとした暴言くらいは適当にあしらう彼なのに、虫の居所でも悪かったのだろうか。

もともと仲のいい兄妹だから、晩ごはんを間にはさみ、一緒にテレビ番組を観たりするうちにはしぶしぶながらも仲直りをし、優子が二階へ寝に行く頃にはもはや何も起こらなかったかのようだった。

あえて蒸し返さずにおくこともできたのだけれど、私は、勉強の合間にキッチンに下りてきた息子が麦茶のボトルを取り出そうと冷蔵庫を開けた、その背中へ言った。

「ねえ。さっきはどした？」

すると浩太は、麦茶を一口飲んで唇を湿らせてから言った。

「別に」

「もしかして、学校で何かあった？」

うつむいて黙っている。否定しないところを見ると、そういうことらしい。

急かさずに待っていると、やがて言った。

「なんか、やんなっちゃってさ」

「何が」

「うーん……自分が？」

どこか照れ隠しのような、でも半分投げやりな感じもする苦笑を浮かべて、浩太は渋々続けた。

「うちの吹奏楽部に今年入った一年の女子がさ。僕と同じクラリネットだって話、したじゃん」

「ああ、あの、小さい頃から音大の先生について習ってるっていう子?」

「そう。その子がやっぱ、ほんと上手でさ。当たり前なんだけど、僕なんかよりはるかに巧《うま》くて……先生にも認められて、今度のコンクールの自由曲でいちばん難しいパートを吹くことになったんだわ」

ああ、そういうことかと思った。いちばん難しいパートは、去年までなら浩太が任されていたはずだ。中学の吹奏楽部からずっとクラリネットを担当してきて、次期部長候補になるほど部活に全力を傾けている彼としては、プライドの深く傷つく出来事だっただろう。

「その一年生の子がさ、まためっちゃいい子なんだ。性格いいし、可愛いし、僕のことも先輩先輩って慕ってくれるし。それなのに、なんか苛々すんだわ。みんなの手前、その苛々を見せないようにするのにいちいちストレス溜まってさ。こういうの、もう、ほんっとやだ。自分で自分が、すっげぇやだ」

一つひとつ言葉を選んで話している浩太は、さすがに泣いたりはしない。それでも、夫によく似た黒目がちの瞳はひどく雄弁で、今は胸の裡《うち》の苦しさや哀しみをせつせつと湛《たた》えている。

あなたが今抱いているその悩みは、天から超越的な才能を与えられなかったほとんどすべての人たちが、人生のどこかで必ず抱く悩みなんだよ——などと、目の前の彼に言っても何の慰めにもならない。私の息子は今、自分の心を持ちこたえるだけでいっぱいいっぱいなのだ。そしてそれは無理もないことだった。

キッチンの隅に置かれた箱の中で、猫が身じろぎする。灰色の毛並みは艶をなくしてぼさぼさなのに、虚空を見つめるその姿には風格さえ感じられる。

「あんただけじゃないよ」

と、私は静かに言った。

「誰だって、同じ立場に置かれたら同じように感じるはずだよ。お母さんだってそう。仕事をしていて、自分よりも明らかにすぐれてる人と比べられたりしたら、とても平静じゃいられない。一応は大人だし、カッコ悪いから、無理して何とも思ってないふりを装うけど、やっぱりいい気持ちはしない。ストレス溜まるよ」

「……ふうん」

と、浩太が言う。まだ顔を上げない。

「だけど、そういう自分をいやだとか、嫌いだとかはあんまり思わないな。昔は思ったけど、今はそう思わない」

「……どうして」

「自分に欠けてるところを認められない人は、絶対、今以上の何者かになんてなれないから。一度はちゃんとコンプレックスを自覚して、ああ悔しい、このままの自分じゃ嫌だって、そう思うことこそが、この先の成長へのバネになるんじゃないの？」

「それは……わかるけどさ」

「だったら、自分で自分のことがいやだなんて思うのもやめなさい。コンプレックスとか挫折って、それそのものはちっとも悪いものじゃないんだから。そりゃ、誰々ちゃんより劣ってるとか、かなわないって思うあまりに卑屈になって全部投げ出しちゃったらお話にならないけど、いま欠けてるところはあっていいんじゃない？　それに、浩太。お母さん思うんだけど……」

「——なに？」

「浩太はさ、親の欲目とかを抜きにしても、今、すごくいい感じだよ。よく育ったなあ、よく頑張ってるなあって思う。えらいよ」

ふっ……と、彼が笑った。苦笑いが引き攣れて歪む。

「やっぱそれは、親の欲目だとは思うけどさ」

と、彼は言った。

「でも、まあ、サンキュ。僕が言うのも何だけど、母さんだってかなり頑張ってるほうなんじゃね？　子どもの欲目とかを抜きにしてもさ」

思わず吹きだしてしまった。

「そうでしょうとも、ふふふ」

「母さんのそういう、何ていうの？　こう、チャレンジャーな考え方も悪くないと思うしさ」

「あ、いいじゃない、それ。名刺の肩書きに入れようかな。美しきチャレンジャー、北川九美」

「そこまでは言ってない」浩太が冷静に却下する。「何でもいいけど、なるべく早くその眼鏡は買い換えなよ」

「えっ？」

「えっ、じゃなくてさ。前から言ってるけど、いいかげん思いきってコンタクトレンズも考えてみれば？」

「それと今の話とどう関係があるのよ」

するとと浩太は、まだほとんど飲んでいない麦茶のグラスを手に、椅子から立ちあがりながら言った。

「さっき、眼鏡かけて新聞読んでた時の目つき、なんか、おばあさんみたいだったよ」

*

翌朝、いつもより早く猫を病院に預けて出勤した私は、会社のそばのカフェで親しいイラストレーターとコーヒーを飲みながら次号の特集についての打ち合わせをした。犬や猫の絵を、リアルに愛おしく描いてもらいたかった。

彼女と別れてからスマホを取り出そうとして、ぎょっとなった。バッグの中を底までかき回しても、無い。考えてみればカフェにいた間、一度もスマホを見ていない。会社のデスクの上に置き忘れて出てきてしまったのだ。

血の気が引くとまで言うと大げさだけれど、絶望的な気分にはなった。あの小さな物体が手の中にないというだけで、羽をもがれたかのようだ。緊急の案件が入っていないといいけれど、と思いながら腕時計を見ると、榊原氏との約束の場所に向かわなくてはならない時間だった。デスクまで取りに戻っている時間はない。

仕方なく、地下鉄の駅へと階段を下り、待ち合わせしているホテルへ向かった。

佐藤編集長は遅れずに来てくれるだろうか。打ち合わせの内容よりも、そちらのほうが気にかかってたまらない。何しろ、スマホがなくてはその場で連絡する手段もないのだ。彼の遅刻癖をどうのこうの言う前に、私自身のこの不注意を大いに反省しなくてはならない。

地下鉄を降り、地上に出て道路を渡る。なだらかな坂になった車回しの向こう、重厚なガラスドアのそばで待ち構えていたドアボーイが、白い手袋をはめた手で私のためにうやうやしく開けてくれた。

分厚い絨毯に靴のヒールがめりこむのを感じながら、再び腕時計を覗く。大丈夫、いつもの通り、約束の時間のきっかり二十分前だ。三人が座れる席は空いているだろうかとラウンジを見渡す。

目を疑った。混み合う広いラウンジの奥、モザイクの壁画を背にしたテーブルに、榊原氏と佐藤編集長が向かい合っていたのだ。

ほっとする半面、こちらが遅刻したわけでもないのに気まずい、と思いながら急ぎ足でそばへ向かうと、私に気づいた編集長が、何とも言えない顔で口をぱくぱくさせながら腰を浮かせた。今日も、髪の毛がひと束ぴょこんとはねている。

「お待たせしてすみません」

二十分前だけれど一応謝りながら見ると、榊原氏の様子がおかしかった。控えめに言って、激怒していた。

「あの……？」

もしや佐藤編集長が何か機嫌を損ねるような失言をしたのだろうか、と思いかけた時、氏が、まだ立ったままの私をじろりと睨《にら》み上げて言った。

「連絡の一本くらい、入れたらどうなのかね」

「は？」

「ほんっとうに申し訳ございません！」

佐藤編集長が深々と頭を下げ、悲愴な感じの目を私に向けて言った。

「何があったの。さっきから何回も携帯に電話してたんだよ」

「え……ちょっと待って下さい、あの、お約束は十三時半じゃ」

「十二時半。北川さん、僕にもそう言ったよ。ほら、先週、先生から編集部にお電話頂いたあと。手帳にだって、ちゃんとその場で書きこんでたじゃない」

今度こそ、はっきりと、頭から血の気が引いていくのがわかった。

「ご……ごめんなさい、私、どうしてそんな勘違いを……」

声が震える。膝もだ。

でも、そんなはずはない。スケジュール表なら何度も確かめている。昨日も見たし、今朝も見た。

ラウンジのスタッフがオーダーを取りに来たけれどそれどころではなくて、私はバッグをソファに置き、革の手帳を取り出して広げた。十日のスケジュールを震える指で追う。午前中にイラストの打ち合わせ、そのあと。

榊原先生、13：30。

ほら、と言いかけて、はっとなった。自分の字だけれど、どう見ても「3」に読めることれは……。

喉が、からからに干上がる。

「五分や十分遅刻してくる人間はいくらもいたけどね」

もはやこちらを見もせずに、榊原氏は言った。

「僕をここまで待たせたのは、きみが初めてだな」

失敗なら、若い頃からさんざんしてきた。今だったら考えられないくらい馬鹿な言動も山ほどあるし、ついうっかり忘れたり勘違いしたりといったことはそれ以上にある。私は、じつを言うと、もともとはひどく粗忽《そこつ》な人間なのだ。

だからこそ毎朝、持ちものを確かめ、玄関の施錠を指さし確認し、スケジュール表には自分の手と自分の字で予定を書き込むようにしているのだ。ボタンを操作してスマホに打ち込むより、そのほうがまだ忘れないで済むから、と。

けれど——

「何度も確かめたのに、自分の書いた字を読み間違えるなんてね」

夜遅く、夫と向かい合うと、私はこらえきれずに溜め息をついた。彼は帰宅したときから私の様子に何かを感じていたらしく、夕食後は黙って離れへ来て話を聞いてくれた。お互いの間には今、ふだんなら特別な日にだけ開けるワインのボトルが置かれている。彼が抱えてきたものだった。

猫はといえば、今も壁際の箱の中で寝ている。あんな衝撃的なポカの後でも、夕方、病院にだけは忘れずに立ち寄った自分を褒めてやりたい。

この一週間ほどで、駅からまず我が家とは逆の方角へ歩き出すのが習慣になりつつある。毎日の点滴もむなしく、血液検査の数値は少しずつ悪くなっていたものの、痛み止めのおかげで苦しくはなさそうなのが何よりだった。

「確かにね、榊原先生からの電話を受けた時、十二時半ですねって復唱した気はするんだ。お昼過ぎか、混んでるな、なんて思ってさ。それなのに、後から手帳を見たらそっちの数字を信じちゃって……」

「まあ、そんなに落ち込む必要はないんじゃない？」と、夫は言った。「失敗は失敗だけど、何もずぼらで時間に遅れたわけじゃないんだからさ」

「そうだけど、それがよけいにショックでね。ずぼらだったら次から注意のしようもあるけど、ここまで確信を持って失敗したのは初めてだったから……。ちょっと、まいった」

「それで、その先生はどうしたの。怒って帰っちゃったとか？」

私は首を横に振った。

実際のところ榊原氏には、かなり長い間ご機嫌を直して頂けなかった。その末に、遅れた理由を話してみなさい、きみには説明する義務がある、と言われたので、何を申し上げても言い訳になりますがとことわった上で事情を説明すると、氏は私の手帳を覗き込み、私が読み間違えたくだんの数字を見て、ふん、と鼻を鳴らした。

そうして、ようやくこちらを見て宣《のたま》った。

「きみがそうだと言うなら信じよう、という気になるのは、これまでのきみのふるまいを見てきたからだろうな」

ぐっと喉が詰まって、変な声がもれそうになった。

ありがとうございます、本当に、ほんとうに申し訳ございませんでした。深くふかく頭を下げる私に、氏は続けて言った。

「とはいえ、二度目はないよ。きみ、ここを出たらすぐにどこか専門店に寄って、まずはその眼鏡を何とかしなさい」

ひとことおり聞いた夫は、くすりと笑った。

「いい先生じゃない」

「そうなの。うん、ほんとにね」

会ってみたらじつはすごく腰の低い人だったとか、そんなようなことは、あったりはしない。けれど、一本きちんと筋の通った人であるのは確かだった。榊原氏にあれだけ厳しく叱ってもらえなかったら、私は今もまだぐずぐずしていたに違いない。

「で？　眼鏡は作り直したの？」

再び、首を横に振ってみせる。

「なんで。言われたんだろ？　すぐ何とかしろって」

「うん。だからね」

私は、自分の目を指さしてみせた。

けげんそうに眉根を寄せた夫が、

「え、うそ！」

思わずといったふうに声をあげる。

「だってきみ、あんなに……」

驚くのも無理はない。これまでずっと、何であれ異物を目の中に入れるということがどうしても怖くて受け容れられなかった。

でも、榊原氏との打ち合わせのあと佐藤編集長にことわって時間をもらい、近くで専門の眼科を探して検査とフィッティングをしてもらってみたら、何ということはなかったのだ。慣れるまでは少しふわふわふわして酔ったような感じがしたけれど、それ以外はほんとうにまったく、何ということはなかった。

「それ、今も入ってるとか?」

「もちろん入ってますよ」

夫は、へーえ、と何とも言えない声をもらした。まんざらでもない様子で私をまじまじと見る。

「で、感想はどうよ?」

言いながら身を乗り出してきて、私の目の中を覗き込む。

夫の顔がくっきりと見えすぎて、今さらのようにどぎまぎする。おまけに、お互いの間に眼鏡のレンズという遮蔽物がないせいか、ひどく無防備なのだ。あれが私にとって透明な鎧《よろい》のようなものだったとしたら、やはり捨て去って正解だったのかもしれない。

「なあってば、どんな感じ？」

重ねて訊かれ、

「そうだなあ……」

私は言葉を探した。

「強いて言うなら、世界を取り戻した感じ、かな」


猫は、その明け方、旅立った。

私はといえば眼鏡をかけなくとも文字がよく見えるのが嬉しくて、目の疲れを無視して延々と本を読み続けていたのだけれど、ちゃんと教えてもらったおかげで異変に気づくことができた。

教えてくれたのは本人だ。

『じゃあ、いってくらぁ』

少し巻き舌の、知らない男の声で言うのが聞こえ、ぎょっとなってふり返ったとたんに四肢を突っ張って痙攣《けいれん》している猫の姿が目に飛び込んできたのだった。

どうせ、信じてもらえないと思う。信じなくてかまわない。これは猫と私の間にだけあった出来事であって、私だけがほんとうのことを知っていればそれでいい。

たった一週間ちょっとの付き合いだったというのに、自分でもびっくりするほど涙は次々に溢《あふ》れて頬を伝った。コンタクトレンズが押し流されてしまうんじゃないかと思ったけれど、泣いたくらいではずれたりしなかった。

やがて息をするのをやめた灰色の猫は、寝床だった箱の中でひらべったく見えた。顔を近づけると、もれてしまった尿の匂いがぷんとした。

耳のそばで、小さく呼んでみる。

「……チイ？」

何の違和感もなかった。姿かたちはまるで違っていても、猫は、その猫であると同時に、喪《うしな》われた私の猫でもあるのだった。

ほんとうに九生を生きるなら、またいつでも戻ってくればいい。見送るのが辛いなんていわずに、何度だってこうして見ていてあげる。

まだ少し温《ぬく》みの残る猫の輪郭が、滲《にじ》んではぼやけ、歪んでは溶ける。

私は、痩《や》せた身体とぼさぼさの毛並みを撫でた。何度も何度も、すり切れるくらいたくさん撫でさせてもらった。

＊

人差し指の上にのせた小さな丸いレンズが、透きとおった花びらみたいにふんにゃりと柔らかく傾《かし》ぐ。お店で教わって練習した通り、同じ手の中指で下まぶたを、もう一方の手の指で上まぶたを大きく開き、レンズをゆっくりゆっくり目に近づけて、鏡を見ながら黒目の部分にそうっとのせる。何回かまばたきをすると、世界はもう私のものになる。

たったこれだけのことを、どうして今まであんなに怖がっていたんだろう。

「だから言ったじゃん。母さんは眼鏡のない顔のほうがいいよ、って」

と浩太が言う。

「だから言ったじゃん。もっと近づけたほうがちゃんと読めるよ、って」

と、優子も真似をする。

彼らの言う通りだった。

鏡の前でいつものメイクをすれば、目尻の皺《しわ》やこめかみの白髪は前よりくっきり見えるけれど、そのぶん眉やアイラインは美しく引くことができる。ついでに言うと、着る服までちょっと変わった。

身支度を調《ととの》えながら、窓の外を見やる。

今日は雨が降っている。水音があたりを閉じ込めて、離れの書斎がなおのこと静かに感じられる。

窓から見えるところ、とうに散った芍薬の根もと近くに、あの猫が眠っている。埋葬のための穴を深く掘ってくれたのは夫で、その上に目印の丸い石を置いたのは私で、子どもたちはといえば、色づき始めた紫陽花をジャムの空き瓶に生けて供えてくれた。その花と石の上にも、雨は等しく降りかかっている。今日あたり梅雨入りが発表されるのかもしれない。

バッグに財布を入れ、スマホを入れ、そして例の古い革の手帳を入れる。

そうして私は、

「じゃあ、いってくらぁ」

誰にともなく言い残し、傘を片手に外へ出る。

ああ、なんて素敵な雨だろう。鎧を捨て去ると、顔に降りかかる滴《しずく》までが心地いい。

グレイ・レディ

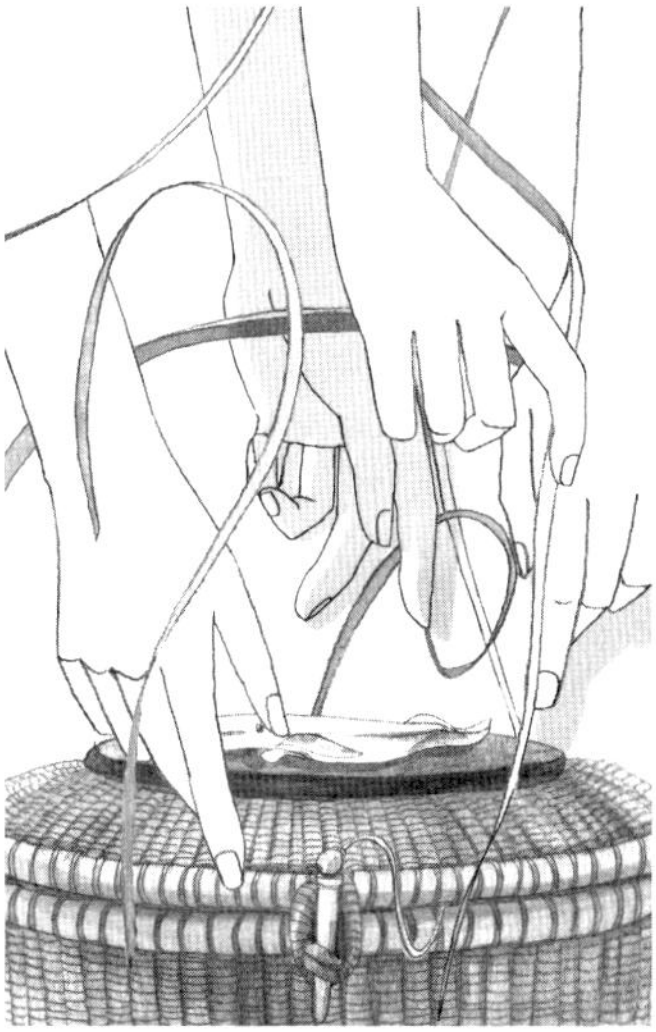

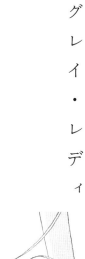

じぶんが生まれてきた時のことを覚えているひとって、どのくらいいるのでしょう。そんなに多くはないのでしょうね。母親のおなかにいた頃までさかのぼったら、もっと少なくなることと思います。

わたしですか？

わたしは、じぶんの体がかたちづくられてゆく過程をはっきり記憶していますとも、ええ。

生まれは、ナンタケット。ご存じですか、ナンタケット。

アメリカ東海岸のケープコッドから三十マイルほど南の沖合に浮かぶ、人口一万人ちょっとの小さな島です。一年のうち四割方は霧が出て、船から眺めると全体がすっぽりと灰色に包まれて見えることから、「グレイ・レディ」との愛称でも呼ばれています。素敵なあだ名でしょう？

その島で、わたしは生を享《う》けました。世界で最も美しいかごとして。

ホワイトハウスで行われるパーティにおいても、正式に持つことを許されている唯一のかごバッグ。かつてはアイゼンハワー大統領が英国のエリザベス女王の戴冠式のお祝いに贈呈し、あのジャクリーン・ケネディやオードリー・ヘプバーンが腕にかけ、フランク・シナトラが数多《あまた》の女性たちに贈り、今や〈かご界のエルメス〉とまで言われるほど希少で高価なナンタケット・バスケット。

そう、それがわたしです。島でも一、二を争うほど高い技術を持つ新進アーティストが、すべて手作業で一目ずつわたしを編み上げ、何ヶ月もの時間を費やして仕上げたのでした。繊細に見えてとても頑丈な本体は、オーク材を薄く削《そ》いだ柔らかな芯に、細い籐《とう》の蔓《つる》を丁寧に編み付けることで作り出されます。他の多くのバスケットが底の中心から蜘蛛《くも》の巣のように丸く編まれてゆくのに対して、わたしたちナンタケット・バスケットにはまずしっかりとした木材の底板《ベースプレート》と、正確に編むための木型《モールド》が用意され、その木型の周囲を隙間なく埋めてゆくようにして、まるで樽《たる》のような構造で編まれてゆきます。

編み終わりの縁《ふち》には枠となるリムがきっちりとはめ込まれ、そのリムに、一本ないし二本の持ち手が小さなノブとワッシャーで留め付けられ、さらに蓋《ふた》がトッププレートを中心に編まれた上でかぶせられ、その蓋を閉めた時に閂《かんぬき》の役割をするラッチや差し込みペグが取り付けられます。

わたしの場合、程よい大きさのころんとした楕円形の本体に、ラッチとヒンジは潔く白。トッププレートは飴《あめ》色のメープル材、そのてっぺんにも白くて小さな鯨《くじら》のオーナメントが飾られています。白いものはどれも、マッコウクジラの骨から削り出された精緻な彫刻なのです。

わたしを作った男は、最後にわたしを矯《た》めつ眇《すが》めつすると、唇の端にかすかな笑みを浮かべ、ベースプレートの裏に焼きごてで自分のサインを入れました。納得のいく仕上がりだったのでしょう。わたし自身も、じぶんの仕上がりに満足でした。

今でこそセレブリティの避暑地として名を馳せるナンタケットですが、その昔はネイティヴ・アメリカンが住み、ほそぼそと捕鯨が行われていたようです。十七世紀初頭からはメイフラワー号に乗ってやってきたイギリス人たちによって入植が進み、島でも牧羊と農業が営まれるようになりましたけれど、やがて彼らも鯨を獲りに海へ乗り出すようになってゆきました。肉以上に、鯨油《げいゆ》には大きな価値があったのです。

一頭の鯨から取れる油は百五十樽ほど。オイルランプの下で書物を読み、縫い物をし、音楽を愉《たの》しむことができるなど、当時としては夢のような話です。遠くヨーロッパにまで鯨油を輸出することで、島はどんどん栄え、暮らし向きは楽になっていきました。

十九世紀中頃に書かれたメルヴィルの『白鯨』に、有名な一節があります。

「この地球の三分の二はナンタケット人のものだ。海は彼らのものであり、あたかも皇帝が領地を所有するようにそれを所有する」

それほどに、当時のナンタケットは世界の捕鯨の、いえ、捕鯨による富の中心であったのでした。

鯨の噴き上げる潮は、遠くからでも目立ちます。マストのてっぺんに上った見張りがそれを見つけるとたちまち追跡が始まり、母船から下ろされた何隻ものボートが周りを取り囲み、ロープの付いた銛《もり》を打ち込んでは鯨を弱らせていきます。

そうはいっても相手は体長十メートルを超える巨体、すぐに力尽きるはずもなく、それこそ死にものぐるいで反撃し、猛スピードでボートを引きずって逃げ、あるいは一度潜って船を底から突き上げたり、尾びれを叩きつけたり、大きな口をあけて嚙《か》み砕いたりします。破壊されたボートから海へ投げ出されれば、あたりには血のにおいを求めて集まってきた鮫《さめ》の群れ。生きて帰れるほうが奇跡です。

それでも男たちは海へ出てゆきました。マッコウクジラの頭の中のポケットに詰まった油はとりわけ良質で、その特別な油を汲《く》み出すには解体の際に頭部に入り込まなくてはなりませんでしたから、捕鯨船には大人の男ばかりでなく、体の小さい十代前半の少年たちも乗り込んでいたといいます。

島で彼らの帰りを待つ、妻であり母である女たちの想いはいかばかりだったことでしょう。いったん海に出れば、便りもないまま二年も三年も戻ってこられない仕事です。

ナンタケットに今も残る古い家には、海風にさらされてシルバーグレイに変わった屋根の上にまるで物干し台のような白いバルコニーがあります。名付けて「ウィドーズ・ウォーク」、寡婦《かふ》の見張り台。日々ここへ上がって、水平線の向こうから帰ってくる船を誰よりも早く見つけ、また海へと出てゆく夫や息子を最後まで見送るための場所でした。

さらに捕鯨船には、船長や航海士、舵手や銛打ちなどと一緒に、樽を作る職人も乗っていました。せっかく死ぬ思いで鯨を仕留めても、容《い》れものが足りなくなっては油を持ち帰ることが出来ませんから。

遠く東南アジアなどにも寄港した彼らは、そこで籐の蔓という格好の材料に出合います。船の部品の中から丸みを帯びたものを木型として使い、樽を作る要領でベースプレートを用意して編み上げる、それがおそらくナンタケット・バスケットの古い形だったのでしょう。

やがて捕鯨が廃《すた》れてゆくと、男たちは生活の道具としてのバスケットを編むようになりました。

地面の柔らかな砂州《さす》の島であるゆえに、当時の技術では岬に灯台を建てることが出来なかったので、代わりに灯台船が沖合に係留され、灯台守である乗組員たちには時間だけはたっぷりありました。鶏の卵を集めたり、収穫したクランベリーを入れたりするための、目の細かいバスケット。家で待つ母のため、妻のためを思っての作業は、「愛の労働《レイバー・オブ・ラヴ》」と呼ばれていたそうです。

そんなバスケットに、蓋が取り付けられ、鯨の骨や象牙《ぞうげ》を彫刻した美しい飾りが付けられて、女性たちがおしゃれのためにこぞって持つようになるのは、さらにもうしばらく後のことになります。

はじめにわたしを買い求めたのは、ボストンの裕福な家のマダムでした。

この国にはスウィート・シックスティーンと呼ばれる風習があって、女の子は十六歳になると大人の仲間入りが許され、パーティを開き、ゲストを招いてお祝いしてもらいます。

この時、とくに東海岸の上流家庭では、母親から娘へとナンタケット・バスケットが贈られるのが恒例となっているのです。

曾祖母や祖母の代からのものが大切に譲り渡されることも珍しくありませんが、もちろん、新たに購入されて後の代へと受け継がれてゆく場合もあります。

あの夏、マダムが家族とともに避暑に訪れたナンタケット島で、目抜き通りのショーウィンドウに飾られていた誰より美しいわたしは、スウィート・シックスティーンを寿《ことほ》ぐ贈りものとして選ばれたのでした。あれは確か一九六八年、大統領だった兄に続いて弟のケネディまでが凶弾に倒れる、わずか数日前のことでした。

娘はハーヴァードのカレッジに進み、そこで恋に落ちた相手のもとへ嫁ぎました。夫となったのは日本の大使館員を父親に持つ若者で、両家は同じくらいに裕福でした。

生活の質は、女性の手に顕《あらわ》れます。つねに爪の先までメンテナンスの行き届いた美しい手が、わたしを愛《いと》おしみ、あらゆる場所へと運びました。

やがて生まれた男の子が、よだれまみれの手でわたしに触ろうとした時、若い父親はそっと彼を制し、優しくたしなめて言いました。

「だめだよ、これはママのだいじだいじ。たからものだからね」

日本のことばが、優しく響くことを知った瞬間でした。良い人たちのもとへ来た、とわたしは心から思いました。

ところが、ある年の秋、子どもを抱いた彼女が、夫の里帰りに同行して日本を訪れた時のことです。東京の街の、洒落《しゃれ》たカフェの外に設けられたテラス席で、彼女がほんのわずか目を離した隙に、[illegible]とりと汗ばんだ男の手がわたしの取っ手をつかんで持ち上げたのです。悲鳴をあげましたが誰の耳にも届かず、男はそそくさとそこから歩み去りました。わたしがいなくなったことに気づいた時、彼女がどんなに嘆き悲しんだかと思うと、今でも胸が痛んでなりません。

卑怯な盗人は、中に入っていた小さな財布を開け、クレジットカードには目もくれずにお札を抜き取ってから、わたしを道ばたの植え込みに放り投げました。無知ゆえにただの安価なかごと思ったか、あるいは目立ちすぎて足がつくことを恐れたのでしょうか。

一晩じゅう、わたしは茂みの中で怖ろしさに震えながら過ごしました。多くの人がすぐそばを通り過ぎてゆくのに、誰もこちらに気づかないのです。

半開きになった蓋を閉じることもできないまま冷たい夜露に濡れそぼち、ようやくあたりが明るくなった頃、わたしを拾いあげたのは、爪の中まで真っ黒に垢《あか》じみた男の指でした。男はポケットから潰れた握り飯の包みを出して、わたしの中にぽいと入れると、拾い集めたたくさんの空き缶のてっぺんに乗せ、リアカーを引いて歩き出しました。

二時間ほどもゆっくり移動したでしょうか。ふいに、空から黒い影が舞い降りてきました。公園のベンチの下に置き捨てられていた空き缶を見つけて、男がかがみこんでいる間のことでした。

鳥たちの中でも、カラスは特に頭が良いと聞きます。この時も、右に左に小首をかしげると、きっちり閉まっていたはずのラッチをくちばしで器用にはずし、わたしの蓋をこじ開けて中の握り飯をつつこうとしました。

「こら！」

気づいた男の怒鳴り声と、払いのけようとする腕に臆することもなく、カラスはひょいひょいと飛び退《の》きざま、鋭い爪でわたしの取っ手をひっつかんで舞い上がりました。どこへでも持ち運びしやすい軽さが仇《あだ》になったのです。

広い公園の真ん中、ひときわ高くそびえるケヤキの木の上で、わたしは枝に引っかかったまま放置されました。中身をおいしく食べ終えたカラスにとって、どこといってぴかぴか光るわけでもないわたしは興味の対象外だったのでしょう。

いくつもの夜が来て、いくたびか雨が降りました。もうこのままここで朽《く》ちていくのかと思うと無念でならず、あの娘のほっそりとした指が恋しくてたまりませんでした。

やがて強い風が吹いて太い幹を揺らし、わたしは枝々にぶつかりながら地上へと落下しました。柔らかな下草のおかげで九死に一生を得ましたけれど、アスファルトにでも叩きつけられていたらと思うとぞっとします。

しばらくの間、気を失っていたようです。意識を取り戻した時は、すでに商談の真っ最中でした。

「何じゃ、この竹ザルは。子どもの買い物かごかよ」

古ぼけたレジ台の横、まるまると肥えた指でわたしをつかんだ中年男が、蔑《さげす》むように言い捨てます。

と、

「おいおい、ちゃんとよく見てくれよ」

刺繍《ししゅう》入りのぺらぺらの上っ張りを着た若者が、肩をそびやかせて言い返しました。

「けっこう手の込んだ細工がしてあるだろ？　この留め金のとこなんか、象牙かもしれないぜ。何せ買った時は高かったんだからよ」

「嘘つけ。どうせまたどこかで拾ったか、かっぱらったかしたんだろ。こんなプラスチックのちゃちな飾りが象牙だあ？　俺をちょろまかせると思うなよ。ほれ見ろ、あっちこっちささくれて泥だらけじゃねえか、こんなもん売り物にもなりゃしねえ」

わたしは、震えながら奥を見やりました。ワゴンや棚に、埃《ほこり》をかぶったガラクタが所狭しと並んでいます。不揃いの食器や、色あせた紙箱に入ったタオルケット、やかんや鍋や、徳利《とっくり》をぶら下げた狸《たぬき》の置物……。

　どうやらそこは、中古品を売る店のようでした。そして太った中年の店主は、レジからしぶしぶ五百円札を一枚出して、わたしを拾ってきた男に渡したのでした。

　五百円で買い取っておいて、付けた値札が三千円。とにかくそれが、わたしに付けられた値段でした。

　ナンタケット島で最初にマダムが支払った代金の、ほぼ二百分の一です。わたしのベースプレートの裏には、若くしてあれほど有名になったアーティストのサインまで入っているというのに、店主たちには読み解くことすら出来ないのです。カラスほどの脳みそも持たない奴らです。

　型崩れしたカジュアル・ブランドのバッグや、まがい物のちゃちなアクセサリーに混じって、わたしは店の奥の棚に無造作に置かれました。周りに積み上げられた彼らにもそれぞれ来し方の物語があって、灯りを消された夜中など、互いの身の上を語り合ったりしていました。

　アルファベットが組み合わされたロゴの並ぶ長財布は、俺はじつはコピー商品だが店主にもわからなかったらしい、と皮肉な顔で笑いましたし、斜めに傾《かし》いだクロコダイルのハンドバッグは、あたしだってもっと大事に使ってもらっていたらこんなところへ来なくて済んだのに、とすすり泣きました。

ひとりだけ、十八金やプラチナの宝飾品と一緒にガラスケースに収められたバッグは、ある高級クラブの女が二人の客から同じものを貢《みつ》がせた後でそのうちの一つを換金した、それが自分なのだと言いました。買い求めた男性のほうも、同じような品を別の女にも買い与えていたからどっちもどっちなのだ、と。

ばかばかしい。とんだ茶番です。

わたしは埃まみれの棚から、そいつに付けられた値札を睨《にら》み上げました。当初のわたしはもっと高価だったのに。

けれどどれだけ出自《しゅつじ》を誇っても、彼らは、竹ザルが何言ってやがるんだ嘘つきめ、と嗤《わら》うだけでした。竹じゃなくて籐だし、ザルじゃなくてかごだと言い返すと、なお下卑《げび》た笑いが降ってきます。

床近くに置かれ、内側の布張りがシミだらけになった籐のピクニックバスケットなどは、同族嫌悪でしょうか、はっきりと敵意を向けてきました。籐なら籐でよけいに高価なはずがない、自分などは新品の時点で三千円だった、ひねくれた声でそう言うのです。

店主はといえば、ろくに掃除をする気もありません。

精緻な鯨のカーヴィングを施した蓋の上に、埃が日々積もってゆくのを払うすべもないまま、次第にわたしは無口になっていきました。

いつまでも売れ残っているものは、捨て値で放出される運命にあります。

三千円の札が赤いマジックで消されて五割引の千五百円に改められたその日、わたしは他の連中とワゴンに積み上げられ、真夏の陽がじりじりと照りつける店先へ出されました。隣はあのクロコダイルのハンドバッグで、やっぱりめそめそ泣いていました。

細かい編み目の間に詰まった汚れが、気持ち悪くてたまりません。長いこと蓋も開けてもらっていないので、トッププレートの内側にうっすら生えたカビが臭《にお》います。

誰かに盗まれたり拾われたりしていた頃のわたしにはまだしも価値があったのに、今では立ち止まって見てもらうことさえないのです。もうどうなったっていい、いっそ夜の間もワゴンをしまわないでくれたら、たちの悪い酔っぱらいにでもいたずらされて、ひと思いに壊してもらえるかもしれないのに……。

自暴自棄のあまりほとんど意識を手放していたせいで、突然ひょいと持ち上げられた時は金切り声をあげそうになりました。あの盗人の、べとついた手の記憶が甦《よみがえ》ったのです。

でも、わたしをそっと扱うその手は、乾いていて清潔で柔らかでした。上流階級のとまではいきませんが、きちんと生活をするひとの手でした。

年の頃は三十代の後半くらいでしょうか。ところどころ脱色した髪をボブスタイルに切りそろえた彼女は、いったん店の前を通り過ぎたあと、戻ってきてわたしを手に取ったのでした。

「……千五百円？　うそでしょう？」

さらに彼女は、わたしを裏返し、そこに焼きごてで入れられた名前を読み取ったとたん、息を呑みました。まさか、そんな、どうして……。呟きながらサインを撫《な》でる指から、激しい慄《おのの》きが伝わってきます。

わたしを抱えて店に入った彼女は、震える声で店主を呼びました。

「ねえ、あなた正気？　ほんとにこの値段でいいと思ってるの？」

すると店主は、おもねるように言いました。

「それでも赤字覚悟の出血大サービスなんですって。しょうがないな、千円に負けときますよ」

彼女は、店主の顔をまじまじと見て、ゆっくりと首を横にふると、財布を取り出しました。

「いいわ。このまま提げて帰るから、ざっと埃だけ拭いてやって頂ける？」

そうして財布から千円を出して支払い、値札を取ってもらったわたしを受け取ると、最後に言いました。

「もう絶対返さないけど、ほんとだったらこの子、少なくとも五百倍くらいの価値があるはずよ」

稲妻のような歓喜が体を刺し貫きました。わたしに水分があったら涙を流していたことでしょう。

「まーたまた、お客さん」

店主は冗談だと思いこんで笑いましたが、奥のバッグたちがどよめくのを感じて、わたしは叫びたかった。そらごらん、嘘つきなんかじゃなかったでしょう、と。

大事にわたしを抱えてマンションの部屋に帰り着くと、彼女は固く絞った布でひどい汚れを落とし、柔らかい馬毛のブラシや綿棒で編み目の隙間まできれいに掃除をし、乾ききっていたトップとベースのプレートにはオイルを薄く塗り込んだりして隅々までメンテナンスをしてくれました。

人心地ついて見まわせば、部屋には他にもかごがたくさんありました。

アケビやヤマブドウの蔓で編んだかご。一流の職人が丹精こめて作りあげた竹かご。皇室にも贈られたタイのヤーンリパオ・バッグなどは端整さにおいてわたしとどこかしら趣《おもむき》が似ていましたし、他にもサイザル麻やラフィア、ウォーター・ヒヤシンスといった繊維で編まれた異国のバスケットがあちこちにあって、しかも多くは生活用品として使われているのでした。果物を盛ったり、読みかけの新聞をほうり込んだりして。

各々の値段に関係なく、ここでは皆が大事にされているのがわかりました。彼女一流の美意識というフィルターで濾《こ》されて選ばれたものたちは、どれも皆それぞれに値打ちのあるものなのでした。


後からわかったことですが、彼女は、インテリアショップのオーナーでした。夫と二人で最初の店を出し、三年目になるちょうどこの年、東京のある街に二号店を出したばかりでした。

海外の業務用品と、日本の日用品。時代の最先端をゆくものと、時代を生き抜いてきたもの。

どちらもが自然に溶け合う空間を提案する店は、それこそ時代の風に乗ってますます大きく羽ばたこうとしていました。八〇年代も半ばにさしかかり、折しもその界隈には様々なデザイナーズブランドが次から次へと開店している時でした。

「ふだんからああいった服を着る人たちが、これまでと同じ部屋に住むはずがないと思ったの」

雑誌のインタビューに、彼女は答えて言いました。取材が自宅で行われる時、わたしは一言一句聞き漏らすまいと耳を澄ませていました。

「デザイナーが服を作る時に妥協しないのと同じく、私も、店に置くものを選ぶのに妥協はしないわ。うちの店の商品は、古くても新しくても、シンプルで機能的という点で共通しているの。生活の道具として使いやすいことはもちろんだけれど、使わない時にも、ただそこにあるだけで美しくて、目を愉しませてくれること。それだって同じくらい重要でしょう？　なぜって私たちは物置に住んでいるわけじゃないんだから」

——ただそこにあるだけで美しくて、目を愉しませてくれる。それはそのまま、彼女自身の佇《たたず》まいを言い表しているかのようでした。

ある雑誌のインタビュアーは、こんなことを訊きました。

「これは誌面に登場して頂く皆さん全員に、最後に必ず質問していることなのですが——あなたの〈得意なこと〉は何ですか？〈好きなもの〉でもかまいません」

「そうね。得意なのは、料理」

即答でした。

「誰かのために美味《おい》しいものを作って食べさせるのが好きなの。キッチンで死ねたら本望って思うくらい好きよ。だからキッチン雑貨にこだわるのかも」

「では、〈苦手なこと〉や〈嫌いなもの〉は？」

「苦手なのは、弱音を吐くことかな。嫌いなものは、んー、マヨネーズ。好き嫌いは少ないほうだけれど、あれだけはどうしても無理ね」

彼女らしい、チャーミングな受け答えでした。そうして都度つどのインタビューによって、わたしは自分の新たな持ち主となった彼女の来し方やものの考え方を知ってゆくことができたのでした。

先ほど〈夫〉と店を始めたと言いましたけれど、二人は、法の上で正式には結婚していません。夫のほうは、旅と食をめぐる雑誌のライターをしていて、ちょくちょく取材のために家を空けていました。

知り合ったのは二十代の半ばだったそうです。旅が好きな二人で相談し、彼女が代表というかたちで一号店を出したのが二年前。当初はどちらか片方が海外で買い付けをしてきては、もう片方が荷を解いて値札をつけるといった、まるでおままごとのような店でした。

彼女が愛したくらいですから、彼には良いところもたくさんあったのだと思います。

ただ、ちょっと難しい人でもありました。

二号店を出すことを彼女が望んだ時、彼は、そこまでいくと本格的なビジネスになってしまうと言って反対しました。きみにそんな生臭《なまぐさ》いことが出来るはずがない、それでも出店するというなら自分は手伝わない、と。

でも、そのお店は思う以上に流行《はや》って、わたしが彼女のもとへ来た翌年には三号店、そのさらに翌年には四号店と増え始めました。彼にとってはそれがますます面白くなかったようです。容貌も魅力的で自分を語る言葉を持っていた彼女が一躍、時代の寵児《ちょうじ》としてもてはやされるようになるにつれて、彼のほうはくすんでいき、金儲け主義に走ったと言って彼女を詰《なじ》りました。結婚というかたちをあえてとらないのも二人で決めた道だったはずなのに、互いの収入に大きな差がついてゆくうち俺はただの居候《いそうろう》だとひねくれて、自分がいる時は仕事仲間や客を家に呼ぶなと言いました。

「別れればいいじゃない。どうしてあなたともあろうひとがあんな男といるのよ」

彼女と親しい女友だちは、外で会うと、言いにくいことをはっきり言いました。わたしはそれを彼女の隣の椅子にちょこんと収まって聞いていました。

「わからないけど、しょうがないのよ」

「しょうがなくないわよ」

「だって、籍は入れてなくたって夫婦だもの。そう簡単にいろいろあきらめたくないわ」

「何それ。相変わらず頑固ね、やれやれだわ」

口を尖《とが》らせて言うと、女友だちはふと、わたしのことを眺めてしみじみと呟きました。

「あれからもう十年にもなるのね」

彼女のほうは黙っています。

「ねえ、想像してみたことはないの？　もしもあの時、ナンタケットに残って〈彼〉と暮らすことを選んでいたらどういう人生だったか、って」

椅子から飛びあがるほどの驚きでした。

ナンタケット！　彼女があの島へ行ったことがあったなんて。

それに、女友だちの口ぶりからすると、〈彼〉というのが今の〈夫〉を指しているのでないことも明らかです。

「そりゃあ、何度もあるわよ」

レモンを浮かべたアイスティーを飲みながら、彼女は答えました。

「数えきれないほど想像してるし、時々夢に見たりもするわ」

「やっぱりそうなのね。じゃあ、どっちが幸せだったと思う？　今のこの生活と比べて」

「わかるもんですか、そんなこと」

おかしそうな笑みを浮かべて、彼女は続けました。

「でも……もういいの。あのひととの縁は、薄いようでいて、なかなか濃かったみたいだし」

そうして彼女もまた、すぐ隣にいるわたしを見おろしました。

「きっと私、来世はあの島に生まれ直すんじゃない？　そんな気がしてる」

ほろ苦い慈愛に満ちたそのまなざしを受けとめながら、わたしは、自分が命あるものでないことがどれだけ歯痒《はがゆ》かったかしれません。

人であったなら、あるいはせめて犬や猫などのペットであったなら、彼女に感謝の想いを伝えることもできたのでしょうに。

十何年かがめまぐるしく過ぎてゆき、夫婦ともに五十代の半ばにさしかかったある日、〈夫〉は思い詰めたような目をして彼女の前に座り、年齢的にもそろそろ最後の機会かと思うので、この家を出て海外をめぐる長い旅をしたいのだと言いました。

彼女は、そのための費用をぜんぶ用意してやりました。彼の名前で新たに口座を作り、まとまったお金を振り込んだのです。

お人好しすぎるわよ、ろくな稼ぎもなかったのにあなたに迷惑ばかりかけて、どうせこれっきり帰ってこないにきまってるわ、盗人に追い銭じゃないの……と、あの女友だちなどはさんざん憤慨していましたが、彼女は静かに微笑《ほほえ》むばかりでした。良い時も悪い時もあったけれど、いいえ、あったからこそ、別れに際してできるだけのことをしてあげるのが、彼女自身にとっていちばん心落ち着くやり方だったのです。〈夫〉がいなくなってから、彼女は時々、まるでウィドーズ・ウォークから海を見渡すかのように、窓の外に広がる空を眺めていることがありました。

でもその一方で、傍目《はため》にもわかるくらい明るく元気にもなりました。髪型は昔と変わらず、おかっぱに近いボブスタイルでしたけれど、目立ち始めた白髪を無理に染めなくなると、一年ほどで早くも全体が美しい灰色になりました。はっきりとした美しい顔立ちの彼女にその髪の色はとてもよく似合っていて、白髪というよりプラチナ・ブロンドのように魅力的でした。

背筋をしゃんと伸ばし、スカートでもパンツでも颯爽《さっそう》と肩で風を切って歩く、わたしのグレイ・レディ。

本来の彼女はそういうひとだったのでしょう。自由で溌剌《はつらつ》とした姿、くるくると変わる表情を見るのは、わたしにとって、我が目の悦《よろこ》び以外の何ものでもありませんでした。

仕事の打ち合わせであれ、私的な買い物であれ、彼女はどこへ行くにも必ずわたしを腕にひょいとかけて出かけてゆきます。中に入れるのは、二つ折りのお財布と携帯電話と手帳、最小限の化粧品と、それに小さくたためるショッピングバッグ。わたしに負担をかけないように、出先で増えた荷物はそちらに入れて提げるのです。

洋服を買った時はわりあいに軽く、書店に立ち寄った時は重たくなりますけれど、とりわけ、彼女が近所の高級スーパーでたくさんの食材を選び、ショッピングバッグいっぱいにそれらを詰めこんだ時は、腕が抜けるほどの重さになります。

そういう時、たいてい翌日には、〈夫〉が帰ってくるのでした。

出ていったままになるかと思われた彼は、おおよそ一年後にふらりと戻ってきて、その後は数ヶ月から半年おきに顔を見せるようになっていました。

「一応、前もってお伺いを立てることはするよ。もし家に入ってもよければ、窓の外に黄色いハンカチを結びつけておいてくれればいいから」

わたしにはまるで意味がわかりませんでしたが、彼女は仕方なさそうに笑い、回りくどいことをしなくても電話をくれたら即座に返事をするわ、と合理的な答えを返しました。口ではそんなことを言いながらも、彼がいる間はどんなに忙しくとも毎日、好物のメニューを作ってやるのでした。その昔、灯台船に乗っていた男たちが家族のためにバスケットを編むことを「愛の労働」と呼んだように、彼女にとって料理は心の表現だったのでしょう。

いっぽう、彼はといえば手の込んだ豪勢な料理もさることながら、その脇に添えられる簡単な付け合わせの類いが大好きでした。

「ザワークラウトもチリビーンズもそうだけど、何よりポテトサラダはきみの作るのが世界でいちばん旨《うま》いよ」

「そんなのばっかり食べないで、メインのお肉も食べてよ」

苦笑する彼女に、

「そりゃ食べるけど、とにかくこれは絶品なんだよ。きみももっと食べなって」

「いやよ、私がマヨネーズ苦手なの知ってるでしょ。あなた、責任持って全部食べてね」

一緒に暮らしていた頃よりも穏やかな顔つきになった彼は、一口、また一口、そのつど幸せそうに咀嚼《そしゃく》しながら言うのでした。

「スーパーやコンビニでさ、子ども連れの若い女が惣菜を買ってるのを見ると、つい意見したくなるんだよな。そんな簡単なものくらい自分で作れって。説教したがるのは年寄りになった証拠なのかね。だけど子どもは、母親の味から愛情を感じて育つものだろ?」

彼の意見にも一理あるとはわたしも思いますけれど、女性が子育てをしながら、あるいは仕事を持ちながら、家族のために料理を何品も作るのがどんなに大変か、彼にわかっていたでしょうか。悪気はないにせよ、「愛の労働」の名を逆手に取られてはたまりません。

彼女にもたぶん異論はあったのだと思います。でもその時もやはり、黙って微笑んでいるだけでした。

離れている時間が長くなったことがカンフル剤の役割を果たしたのでしょうか。彼の滞在中、二人はしばしば、陽の光の中でも躊躇《ためら》わずに愛を交わしました。彼女は自室にベッドを置いて寝起きするようになっていましたので、わたしはタンスの上からその一部始終を見おろすこととなりました。

彼は優しく激しく彼女を抱き、年齢のわりには充分に引き締まった彼女の体や、素のままのグレイヘアを褒《ほ》めました。どれだけ促されても、彼女は懸命にこらえて、はしたない声をあげようとしません。ふだんは男女平等を主張して憚《はばか》らないくせに、なぜかベッドの中でだけは、慎ましくあることが女性の嗜《たしな》みだと思いこんでいるようなのです。

そんな古風な頑固さとのギャップもかえって愛しく思われるのでしょう。終わると、彼はからかうように言いました。

「なんでそんなに声が嗄《か》れてるのかな。あれだけ言っても聞かせてくれなかったくせにさ」

「それでも、喉に無理はかかるものなのよ」

ぐったりと疲れきった様子で、彼女は囁《ささや》きました。

「あなたこそ、よく私の名前を呼び間違えなかったことね」

最後の疾走の時、彼女の名前を何度もくり返し呼ぶのは、彼の可愛らしい癖でした。

「なぁに。女房の妬《や》くほど亭主モテもせず、ってね」

「ふん、どうだか」

ぷいと横を向きながらも、これまでいちばん幸せそうな彼女の表情を見るにつけ、わたしも彼のことを見直す思いでした。

「やっと、昔のあなたが戻ってきてくれた感じがするわ」

しみじみとそう言われて、彼は「ごめん」と謝りました。

「嫉妬《しっと》してたんだよ。きみの生命力や才能に。というか、きみとの時間を奪う仕事そのものに」

率直な本音の吐露に、彼女のほうも今までになく素直な気持ちになったようです。

「そろそろ、店を閉めようと思ってるの」

彼に背中から抱きかかえられながら、彼女は静かに言いました。

「私の店の役割は終わりつつあるわ。今はもう、海外の雑貨やインテリアがなかなか手に入らなかった時代とは違う。あの街もずいぶん変わったのよ。芯のしっかりしていたお店ほど撤退してしまったし、行き交う人も……」

「そんなに変わった？」

「ええ。うちのショップに併設したカフェだって、本来は商品を見てもらう中でちょっとひと休みできる洒落た場所があればいいと思って作ったのに、最近じゃまるでファミレスみたいな有様。外国人の家族のほうがずっと物静かで、子どもですらナイフとフォークを上手に使うのに、日本人の親子のお行儀ときたら目を覆わんばかりでね。あなたじゃないけど、ついお説教したくなっちゃう」

「きみが？　そりゃよっぽどの事態だな」

おどけて言ったもののすぐに笑いを収め、彼は灰色の頭のてっぺんにあごを押し当てました。

「なあ」

「うん？」

「きみが渡してくれたお金、あるだろう？」

「ええ」

「あれには、まったく手をつけてない。税理士をやってる友人に相談して、全部しっかり貯蓄に回してあるから」

びっくりしてふり向こうとした彼女をぎゅっと抱きしめて、彼は続けました。

「だからさ、もしきみが今すぐ店をたたんだとしても、贅沢《ぜいたく》さえしなければ不自由なくやっていけるよ。俺だってまだまだ働けるし」

実際には、店は彼が思っているよりもはるかに莫大な利益を生み出していたので、彼女は今でさえ、何もしなくても一生遊んで暮らせるほどの貯金と不動産を所有していました。

でも、彼女はそのことを言いませんでした。自分の身に何かあった時には、それらの財産の多くは然《しか》るべき非営利団体へ寄付され、けれど充分なだけの一部とこの家とは彼のものになるということも話しませんでした。

「ありがとう」

と、彼女は言いました。

「でも、旅することはまだやめないでね」

「やめないけど、どうして？」

「あなたとは、今の距離感がとても心地いいから」

二人ともがもっと年を取ってゆき、いつか彼にも、旅暮らしはもう充分だと思える時が訪れたなら、今度こそは穏やかにいたわり合う生活ができるのじゃないか――。それまで、こんなふうな優しい時間が長くながく続きますようにと、わたしは真摯《しんし》に祈りました。

「しょうがないな。じゃあ次も、帰ってくる時は前もってお伺いを立てなきゃ」

二人はくすくす笑いながらキスを交わし、しわくちゃのシーツの中に潜り込みました。

いざ店をたたむとなると、彼女の判断は迅速で徹底的でした。一号店だった本店だけは残すという案もあったようですが、結局、すべて含めてきれいに終わらせてしまいました。あっという間でしたが、勤めていた人たちには充分な退職金を渡してのことだったので、ほとんど文句は出なかったようです。

「自分の始めた店を、自分の意志でたためるって幸せなことだわ」

と、彼女は言いました。

身辺がばたばたしている間、彼はできるだけ家にいて、昔のように彼女をサポートしてくれました。キッチンに立つことはありませんでしたが、以前と違って掃除や洗濯はするようになりました。

旅やグルメの記事ばかりでなく、暮らしそのものや生き方にまつわるインタビューなどを買って出るようになり、果ては、一時代を築いた有名インテリアショップをたたんだばかりの彼女自身に、自ら企画して初めての取材をし、その記事がインターネット上で好評を博したりしました。

いろいろなことがゆっくりと変わってゆく秋でした。

その年の、クリスマスのことです。

毎年そうするように、彼女はわたしを腕に提げて青山のあちこちの店をまわり、大切な友人や、仕事で世話になった方への贈りものを手配しました。

読書が好きな人には上質なカシミアの膝掛け、コーヒーが好きな人には上等のマグカップ、花の好きな人にはシンプルで美しい花器、そんなふうな具合に選んでは、店から送ってもらいます。昔から通っていた老舗《しにせ》も、彼女自身の店と同じような理由から多くは姿を消していましたが、残っている馴染《なじ》みの店のオーナーとは万感の思いで挨拶《あいさつ》を交わし、いつも通りに笑って別れました。

帰りにスーパーに寄るのは当然のことです。翌日に控えたイヴのごちそうのため、彼女は丸ごとのチキンと、足りないスパイス、新鮮な野菜や美味しいワインなどを買い求め、また腕が抜けるような思いで家まで運びました。

「どうして手伝ってくれって言わないのさ」

呆れ返った彼から咎《とが》められると、彼女は目尻に皺《しわ》を寄せました。

「弱音を吐くのって苦手なのよ」

もしかすると、いつにない頭痛さえ、彼女は弱音と思ってこらえたのでしょうか。

倒れたのは、翌日の午後でした。オーブンからローストチキンのこうばしい匂いが漂い始めてしばらくたち、チーンと焼き上がりを知らせる音まで響いたのに、どれだけ待っても声がかからない――不審に思った彼が覗《のぞ》きに行ってみると、キッチンの床に倒れていたのです。救急車が呼ばれ、病院へ運ばれたものの、その日のうちに彼女は帰らぬ人となりました。

夜遅く、帰宅した彼は、誰もいないリビングのテーブルの上にぽつんと置かれていたわたしを見るなり、くずおれるようにソファに座り込んで泣きだしました。ずっとこらえていたものが堰《せき》を切ったようでした。

わたしは、でも、泣くに泣けずにいました。彼女の死に目に会っていないせいで、少しも実感が湧かないのです。

ただ、彼の姿を見守っているうち、もう二度とあの指に触れてもらえないのだということだけはわかってきました。

少しだけ掠《かす》れたような彼女の声が恋しい。

いつものように朗らかに語りかけて欲しい。

その想いはきっと、彼とぴったり同じものでした。

ずいぶん長くかかってようやく泣きやんだ彼は、ティッシュを取って涙を拭き、洟《はな》をかみました。そのまま、また長いこと押し黙っていましたが、夜半を過ぎてさすがに空腹を覚えたのでしょう。おそるおそるといった足取りで、キッチンへ入っていきました。

オーブンの中で、芸術品のように焼き上がったまま冷めきっているローストチキンはそのままにして、冷蔵庫を開けます。煌々《こうこう》と明るい光が、リビングにいるわたしのところまで伸びてきます。

きんと冷えた白ワインの隣にある惣菜のパックを、彼はけげんそうに見つめました。どうしてこんなものが、という横顔です。この家の冷蔵庫にはあるはずのないものです。

取り出すとそれは、ポテトサラダでした。

腑に落ちない面持《おもも》ちのまま、彼は透明なラップを剝《は》がし、スプーンですくって口に入れました。その顔が、じわじわと歪んでいきます。

「はは、は」

声をあげて、彼は笑いだしました。

「何だよこれ。俺、ずっとだまされてたのかよ。ひどい奴だな、あははは」

そうです。つねに彼女と買い物に出かけていたわたしは、知っていました。

昔からマヨネーズがどうしても食べられなかった彼女は、彼の大好物であるポテトサラダを上手に味付けすることができなくて、それだけはスーパーで買っていたのです。惣菜売り場で、レタスの写真が印刷されたパック入りのを、いつだって彼には内緒で。

笑いが、やがてまたすすり泣きに変わります。

開けっぱなしの冷蔵庫から漏れる光に包まれて、彼は、彼女の名前を何度も何度も呼びました。

声だけ聞いているとまるで、二人が愛し合っているかのようでした。

葬儀には、彼女の交友の広さから、たくさんの人々が集まりました。昔とは違って彼も、俺がいる時には誰も呼ぶなどとは言いませんでした。

やすらかに死化粧をしてもらった彼女の顔を、来る人、来る人が泣きながら見おろします。

わたしは、柩《ひつぎ》の中からそのすべてを見上げていました。会ったことのある顔がたくさんありました。

「一緒に、焼いてあげるんですね」

彼女の親しかったあの女友だちが、彼に言いました。

「ええ。どこへ行くにも一緒でしたから」

女友だちは頷きました。わたしが馴染んだものとはまた違った、けれど優しい指先がこ

ちらへ伸びてきて、

「あちらでも、大事にしてもらいなさいね」

蓋に飾られた白い鯨をそっと撫でました。

「……できれば、来世もね」

やがて柩のふたが閉められ、わたしたちは闇の中でふたりきりになりました。

自分の体がかたちづくられるところを覚えているわたしが、その体の焼かれるところまで記憶できる……。それはちょうど、我が子のように慈《いつく》しんで育てあげた店を、自らの意志でたためると言って喜んだ彼女の気持ちに近いものだったかもしれません。

自分が命を持たないただのかごであることを、わたしはどれほど神様に感謝しても足りませんでした。もしも連れ合いだったなら、あるいは犬や猫であったなら、どんなに彼女を愛していたところで一緒に焼いてもらうことはかなわない。いにしえの日々、あの島のウィドーズ・ウォークに佇んだ女たちのように、愛する者が旅立つのを黙って見送るほかはなかったのでしょうから。

ごおっ、と大きな音がして、わたしたちを包む炎の熱が伝わってきます。わたしの底板に焼きごてで刻まれた〈彼〉のサインが、じりじりと焦げていきます。

彼女の衣服が燃え始めました。それから、豊かな灰色の髪も。

――わたしの愛しいグレイ・レディ。
彼女の骨も、わたしの骨組みも、灰になってしまえばきっと区別はつかないでしょう。
わたしたちはきっと、来世でまた巡り会うのです。

乗る女

昔あるところに貧しき百姓あり。妻はなくて美しき娘あり。また一匹の馬を養う。娘この馬を愛して夜になれば厩舎《うまや》に行きて寝《い》ね、ついに馬と夫婦になれり。或る夜父はこの事を知りて、その次の日に娘には知らせず、馬を連れ出して桑の木につり下げて殺したり。その夜娘は馬のおらぬより父に尋ねてこの事を知り、驚き悲しみて桑の木の下に行き、死したる馬の首に縋りて泣きいたりしを、父はこれを悪《にく》みて斧をもって後より馬の首を切り落せしに、たちまち娘はその首に乗りたるまま天に昇り去れり。オシラサマというはこの時より成りたる神なり。

柳田國男『遠野物語』六九話より

＊

仙台から乗ったフェリーを苫小牧《とまこまい》で下りると、そろそろお昼だった。

十五時間ぶりに堅い地面に戻れたのが嬉しく、走りだしながら車の窓を全開にする。吹き込んでくる秋の風をまともに受け、身体ぜんぶが船の帆になったような心地がする。胸いっぱいに吸い込んで、わたしは、身体に溜まっていた古い空気をぜんぶ入れ換えた。

生まれて初めてのフェリーの旅は思っていたよりもずっと快適だった。天候に恵まれたおかげであまり揺れず、S寝台はカプセルホテルのようで、しかも女性専用客室を指定したおかげで気兼ねなく過ごすことができた。

乗船する前はひとりで十五時間なんてどうやってつぶそうと思っていたけれど、そのうちの六、七時間は夢の中だったし、起きている間はひろがる大海原を眺めながら食事をしたり、映画を観たり本を読んだりしているうちにいつのまにか過ぎてしまった。

ふだんはとうていそんなわけにいかない。家にいてもオフィスに出ても、これをしなければとかあれを忘れていたとか、次から次へと気が急いて落ち着かないのはもう性分と思うしかないのだろう。それが、海の上だとさすがにあきらめがついたというわけだ。久しぶりに贅沢《ぜいたく》な時間の遣い方をしたおかげで、気持ちがふっくらと潤《うるお》っているのを感じる。

本格的に走り出す前に、まずはコンビニに寄った。何はなくとも熱いコーヒー。朝食をしっかり摂ったから、おなかはまだすいていない。

再び車に乗ろうとして思いだし、スマホからメッセージを送る。

〈無事に下船しました〉

と、すぐさま電話がかかってきた。

「よかった。今ちょうど電話しようかと思ってたとこ」

「結局してるじゃないの」

「だって心配だったんだもん」

大学に通い始めて半年になる娘は言った。口を尖《とが》らせているのが見えるようだった。

「長距離の運転で疲れたでしょ。腰、大丈夫？　痛んでない？」

「大丈夫だったら。ちゃんと休み休み運転したし」

「だってそのあとも船で十五時間でしょ？　だから個室にすればって言ったのに」

何かと心配性の彼女はしっかりしたベッドのある個室を予約するよう言ってくれたのだけれど、気ままな一人旅にツインだのスイートだのはもったいない。

「充分過ぎるほど快適だったよ」

と、わたしは笑って言った。

「なら、いいけど。もうちょっとこまめに連絡してくれても」

「ゆうべ寝る前にもちゃんと送ったじゃない。〈おやすみ〉って」

「じゃなくて、もっとこうさあ。朝ごはんとか海の写真とかさあ」

「やだそんなの、めんどくさい。せっかくの一人旅なんだから日常はきれいさっぱり忘れたいの」

「あたしのことも？」

「当然でしょ」

「うわー、お母さんてば冷たーい」

何を今さら、とか、まあそれもそうだけど、などと笑い合い、電話を切る。連絡がないのが無事の証拠だと思ってて、と最後に念を押しておいた。

高校までは何をするにも自信がなく引っ込み思案だった娘とこんなふうにさばさば話せるようになったのが、もうそれだけで嬉しい。外の世界は、親よりも教師よりもずっとたくさんのことを教えてくれる。

まだ熱いコーヒーをカップホルダーに預けて再び走り出す。小さな街を抜け、日高自動車道に乗る。

仙台まで走ってきた常磐道に比べると、車の数はずっと少ない。アクセルを柔らかく踏みこむ。

運転はわたしにとって、ただの移動手段ではなくて大きな愉《たの》しみでもある。ブランド物のバッグやきらびやかな宝飾品に興味がないぶん、車に関してだけは少しの贅沢を自分に許している。今回、わざわざフェリーを選んだのもそのためだ。日高、新冠《にいかっぷ》を抜け、浦河まで続いてゆく国道二三五号線——この海沿いの道を、どうしても自分の相棒と走りたかった。

運転席側に広がる真っ青な海が、近づいたり離れたりする。秋の空は素敵だ。水平線との境目がぱっきりと分かたれて、雲などひとつもない。

道はまっすぐなようでいて、思い出したようにゆるやかにカーブする。道路と海との間には、わずかに金色を帯びた、けれどまだまだ緑の濃い草地がひろがっていて、時折そこに簡単な牧柵がめぐらされ、馬たちが放牧されているのが見える。このあたりは日本有数の競走馬の産地なのだ。

さらさらとまぶしい陽射しを浴びて、毛色もさまざまな美しい馬たちが草を食《は》む。その向こうには、碧《あお》い海と白い波。吹きつける風が波頭を散らし、砂を舞いあげ、馬のたてがみや尾をなびかせる。そうしてややあってから、わたしの車の右側面をぐいっと押してくる。

ああ、なんて懐かしい。

鼻の奥がつぅんと痺《しび》れかけ、わたしは万が一にも運転を誤らないようにと前方を見据える。

もう、二十年以上も前になるのか。あんなふうな草地を自由に疾駆していた頃があった。車ではなく、馬という相棒の背に乗って。

＊

あの頃、わたしは東京の短大を出て、札幌にある健康食品メーカーを選んで就職したばかりだった。

自分の稼ぎで、家から遠く離れられて嬉しかった。もっと言えば、心の底から安堵《あんど》していた。

小学五年生の冬に母が亡くなり、それきり父娘ふたりの暮らしが長く続いていたせいもあるのだろうか——中学に上がる頃に始まり、大学へ進んでからはなおさら、父のわたしへの束縛はきつくなっていたのだ。

祖父から引き継いだ印刷会社を自分の代で上場企業にまで押し上げた父は、プライベートでも強引な男だった。時代はまさにバブル全盛期、世田谷の一等地に庭付きの家を建て、一人娘を私立に通わせてヴァイオリンと乗馬を習わせ、妻が亡くなってから後は通いの家政婦さんを雇った。

おかげでわたしは、母親がいなくても困ることはなかった。制服や体操服はいつも清潔で皺《しわ》ひとつなく、ごはんはいつだって炊きたてだった。ヴァイオリンの発表会や乗馬の競技会があれば父はどれほど忙しくてもやりくりして必ず見に来てくれたし、数学が苦手と見ればすぐに〈女性の〉家庭教師をつけてくれた。

父から、愛されていないと思ったことはない。ただ、母が生きていてくれたらと思ったことなら数えきれないほどある。他の友だちの家でもお父さんというのはああいうものなのか……。訊いてみたいと思っても、何かがわたしの口を塞いで、家でのことは誰にも相談できないままだった。

今なら、理解できる。あの頃のわたしを沈黙させていたものは、いわゆる〈正常性バイアス〉に近いものだったのだろう。自分がいま目にしていることや現実に起こっていることを正しく認識するのが怖さに、人は自分の心を逃がしてしまう。これくらいなら別に危なくない、おかしくない、どこも異常なんかじゃない、と。

どれくらい異常だったかについては、話したくない。ただ、大学に進んで最初につきあった先輩からいよいよ性的な愛撫を受けた時、わたしはようやく目が覚めたかのように気づいたのだ。こういうことは本来、好きになった異性から初めてされるはずのことだったのだと。

地方への配属とそれに伴う独り暮らしは、だから、わたしにとっては独立というよりは脱出だった。

職場の同僚たちとは、幸いすぐに打ち解けた。みんないい人たちで、いちばん若いわたしを可愛がってくれた。

中には競馬が大好きな女性の先輩が二人いて、ある週末、誘われてドライブに出かけた先が日高と浦河だった。有名な競走馬育成牧場が点在し、引退した名馬たちにも直《じか》に会えるというので、全国から訪ねてくるファンが引きも切らない。

国道沿いのステーキハウスでお昼を食べた後、先輩たちは、浦河の海べりから少し山あいに入ったある牧場に立ち寄った。

「一度くらい、ほんものの馬に乗ってみたいじゃない」

その牧場ではまったくの初心者であっても、小一時間の指導を受けた後なら外乗《がいじょう》に連れて行ってもらえるというのだった。

「さとみちゃんは習ってたんでしょ？　乗って見せてよ、お願い」

先輩たちに言われた時は身体が震えた。数年ぶりに馬を間近に眺め、その匂いを嗅《か》いだとたん、おなかの奥底から何かがこみ上げて、身体が熱くなっていた。

父と母に連れられ、乗馬クラブに通い始めたのが小学一年生。やがて障害飛び越し競技で大きな大会に出るようになり、指導の先生に見込まれて、一時はオリンピックまでも視野に入れるほどのめりこんだ。母親が亡くなってからは、寂しさもあってますます練習に打ち込むようになっていった。

でも父は、娘が若い男性インストラクターにお熱だとでも疑ったのかもしれない。そろそろ勉強に身を入れるべきだとかいう取って付けたような理由で、わたしを無理やり乗馬クラブから退会させてしまった。

子どもにとっての悲劇の一つは、自由に出来るお金がないということだ。月謝を払ってもらえなければ、どんなに稽古に通いたくても叶わない。おかげでわたしは一時呆けたようになった。あの頃は、乗れないことよりもただただ、馬という生きものに触れられないことが辛くてたまらなかった。

待ち構えている先輩たちとわたしの前に、牧場スタッフに手綱を引かれてやってきたのは栗毛の馬だった。

まずはわたしが、借り物の乗馬ブーツに包まれた片足をあぶみにかけ、ぐいっと身体を押し上げてまたがる。

「うわ、さすが慣れてる」

「かっこいいよ、さとみちゃん！」

先輩たちが無邪気に手を叩いても、馬はびくともしない。よほどきちんと調教されているのだろう。

野球帽を目深《まぶか》にかぶった男性スタッフは、かがんで腹帯やあぶみを微調整しながら、眩しそうに片目を眇《すが》めてわたしを見上げた。

「お客さん、かなり乗れるしょ」

「久しぶりなんですけどね」

「いいよ、好きに乗って」

「え？」

「牧柵の中だったら、どうぞお好きに」

牧柵……。

あたりを見渡す。なるほど、遠くにぐるりと柵は巡らされているが、その内側は緩やかに隆起するだだっ広い草地だ。

遠くに、海が見える。耳が、自分の喉が鳴る音を聞く。

「駆けてもいいんですか？」

「もちろん。最初はゆっくり。あとは無茶さえしなければ」

頷《うなず》いて、わたしは背筋を伸ばした。

馬に合図を送り、並歩《なみあし》で向きを変える。しばらく速歩《はやあし》で大きな円を描き、歩様《ほよう》を確かめる。

なんて反応のいい、それでいて穏やかな馬なのだろう。先輩たちが送ってくれる声援も、すでに背後のだいぶ遠くから聞こえる。

「よーしよし、いい子」

わたしは馬に声をかけた。

「そろそろ大丈夫？　いけそう？」

ブルルルル、と機嫌良さそうな鼻息が応える。

速歩のまま、手綱をわずかに絞りながら右のあぶみを少し後ろへ引き、かかとの拍車を優しく馬の下腹に押し当てて、チッと舌呼《ぜっこ》を送る。

とたんに馬体がふわりと浮いた。

耳もとで風が鳴り、ヘルメットからはみ出した髪が後ろへなびく。

前へ、前へ、前へ。

はっ、はっ、はっ、はっ。

ひづめが柔らかく湿った土を抉《えぐ》り、足もとから草いきれが立ちのぼる。草原の向こう、青い水平線が上下に揺れる。緊張はすぐに解け、懐かしさと爆発的な喜びとが綯《な》い交《ま》ぜになって、馬の背中でわたしは泣いた。

前へ、前へ、前へ。

はっ、はっ、はっ、はっ。

硬くて柔らかな鞍《くら》、なめした革の表面にこすりつけるように、腰を前後に動かす。もっと、もっと、という馬への合図だ。

またがった脚の間で躍動する、途轍もなく力強い体軀《たいく》。首から肩へかけて隆起する筋肉の動きや、なめらかな皮膚の上をしっとりと覆う汗の膜、大地を蹴るごとに口から漏れる荒々しい息遣い。

前へ、前へ、前へ。

はっ、はっ、はっ、はっ。

誰と抱き合っても、これほどまでに一体となれた例《ため》しはない。

大人になるとはなんと素晴らしいことなのだろう。

もう誰も、わたしと馬との間を裂く者はいないのだ。

会社の休日ごとに車を借り、日高を抜けて浦河まで通った。

先輩たちと初めて訪れた時に面倒を見てくれたあの牧場スタッフは黒澤《くろさわ》さんといって、調教師だった。

当時で三十代の終わりくらい。数えきれないほどの競走馬を育てては送り出し、競馬界を去ってからは乗用馬を大切に育ててきた彼は、あまり雄弁ではないものの、それでも言葉を惜しまず一生懸命にいろいろなことを教えてくれた。

「馬を仕事にしてる連中はともかく、素人さんでこんなに乗れる人を初めて見たわ」

そう褒《ほ》めてもらった時は誇らしかった。子どもの頃から馬を習わせてくれた父に、それだけは感謝したくなるほどだった。

「さとちゃん、こんなジョークを知ってる？」

だいぶ親しくなった頃、黒澤さんは言った。

「『馬が怖がるものが二つだけある。動くものと動かないものだ』っての」

うまい冗談だと思ってわたしは笑ったが、彼は真顔だった。

「たぶん、馬っていう生きものの臆病さを言い表したジョークなんだろうけどな。俺は、臆病っていうのとは違うと思ってる。警戒心が強いということは、それだけ頭が良くて繊細な生きものだってことだよ」

久々に復帰した馬上の世界は、昔よりもはるかに刺激的だった。高い障害物を飛び越そうとはもう思わなかったけれど、そのかわりわたしは馬の内側へ深く降りていきたいと願うようになっていた。

これまでよく知っているつもりでいた部屋の、てっきり壁だと思いこんでいたところからじつは外へ出られることに初めて気づく、そんな感覚が次々に巡ってくる。黒澤さんは知らない世界への扉であり、その世界をもっと詳しく知るための師匠だった。

通い始めて半年が過ぎた頃だ。

ある日、黒澤さんがわたしを見るなり手招きをして言った。

「さとちゃん、名前とか付けるの得意？」

何かと思えば、数日前に生まれたばかりの子馬の名付け親になってほしいと言うのだった。

馬は、生まれてすぐ立ちあがるし、数時間後にはよろよろしながらも歩き、翌日にはもう走る。野生の環境では、そうでなければ生き残ることなどできないからだ。

細長い厩舎《きゅうしゃ》、たくさん並んだ馬房のすぐ裏手にある小さな馬場で、ぴょんぴょん跳ねては不器用に駆けまわる栗毛の牡《おす》の子馬を、わたしは飽かず眺めた。生まれたばかりの子馬を見るのはそれが初めてではなかったものの、自分が名前を付けるのだと思ったら、すでにとくべつな気持ちだった。

レラ、と名付けた。

まさか自分が北海道で暮らすことになるだなんて想像すらしなかった子どもの時分から、なぜか好きでくり返し読んでいたアイヌ神話。その中に出てくる神様の一人がレラカムイだ。レラには、〈風〉という意味がある。

こんなに小さくて細っこい子馬に、神様の名前は荷が重いかもしれない。初めのうち迷っていたわたしに黒澤さんは眉尻を下げて賛成してくれた。

「荷が重いったって今のうちだけしょ。じきに、なまらでかくなる。すぐだわ、すぐ」

名前のせいなのかどうか、レラは子馬のうちから大胆だった。とくに小さい間は母馬から遠くへ離れないのがふつうなのに、生まれた翌週にはもうさっさとひとりで放牧地を駆け回っていた。まるで小さいつむじ風みたいだった。母馬のほうが気を揉んで、しきりにいないいては呼び寄せようとしていたのを覚えている。

半年たった頃に親と離し、徐々に軽い調教というか馴致《じゅんち》を始めてからもまったくもって順調だった。レラは度胸が据わっていて、誰に対しても人なつこかった。

「こいつはいい馬になるぞ。肝っ玉も太いし、いくらか歳を重ねて落ち着いてきたら、トレッキングにもいけるんじゃないか」

外界から守られた馬場や放牧地とは違って、トレッキング、つまり野山での外乗でお客さんを乗せられる馬というのは限られている。大自然の中、突然の出来事や物音にもいちいち驚かない豪胆さが必要なのだ。黒澤さんの期待は大きかった。

それなのに——一年たったあたりから、レラが急に、人に対して警戒心を露《あら》わにするようになった。

そばへ寄ると耳を後ろへ引き絞って顎を上げ、こちらを威嚇《いかく》しようとする。無理に従わせようとすれば嚙みつくそぶりまで見せる。図体はもうほとんど大人の馬と変わらないから、そうされると正直、こちらの腰が引ける。怖がっているところなんか見せたらかえって図に乗らせてしまうばかりだとわかっていても、向こうが本気を出したら力ではとうていかなわない。

馬房の中、床の敷き藁《わら》を前肢で苛立《いらだ》たしそうに搔《か》いているレラを眺めながら、

「もっとふつうの名前をつければよかったのかな。こんなに気の強い子に育っちゃって」

わたしが言うと、黒澤さんはむずかしい顔をした。

「気が強いっていうのとは、ちょっと違うな。こいつは今、どうしても人間に従いたくないんだ。そうするのが怖いんだわ」

「怖い？」

わたしは、前に黒澤さんから聞いたジョークを思いだした。

「臆病ってこと？」

「いや、それとも違う」

眉根に深い皺を寄せ、黒澤さんは唸った。

「ただ、どういうわけか人間全般が怖いらしい。頭絡《とうらく》をかけられるのも怖けりゃ、ひづめを削られるのも怖い。自分を預けられるくらい相手を信用してなけりゃ、従うことなんかできない。こいつは要するに、誰のことも信用してないんだ」

ぼんのくぼのあたりが、しん、と冷たくなるほどショックだった。しばらく前までは、あんなにもわたしたちに甘えてくれていたのに。

「どうしてこんなことになっちゃったの」

「わからん。こういうのはもともとの性格ってのが大きいもんだけど、それにしたって急だよな……」

多くの馬を見てきた黒澤さんにも、わからないことがあるのだと知った。

それから間もなくだった。数ヶ月前に入ったばかりのスタッフが一人、クビになった。数頭の馬たちを担当していたその若い男は、前の職場で馬に腹を蹴られたレラ以外にもとかで、よほど痛い思いをした経験があったようだ。そのせいで馬に対して根本的な恐怖心があり、毎日馬房の掃除をするのにもいちいちレラの腹や胸を力まかせに蹴って隅へ追いやったり、レーキの柄でこづいたり、ホウキで殴ったりなどしていた。黒澤さんがたまたま、他の馬の出産を見守るために監視カメラをチェックしていて、その現場を目撃したのだという。

さらに男は、嫌がるレラを放牧地まで引いていく時など、ちょっとでも抵抗するとすぐさま手に隠し持っている古釘などでつついて無理やり従わせていた。レラがちょくちょく脇腹や腿などに怪我をしていたのは、元気が余って牧柵などに突っ込んでいくせいではなかったのだ。受け容《い》れがたい、けれど動かしようのない事実だった。

二度と馬の仕事に関わらないことを厳しく確約させて男を解雇した後で、黒澤さんはそれらの事情をわたしに説明してくれた。

「何それ、ひどい」

涙が噴き出した。

「馬が怖くなったんなら、その時点で厩務員なんか辞めちゃえばよかったじゃない！」

自分でも、お嬢様育ちの苦労知らずだから言えるセリフなのだろうとどこかでわかっていた。誰にだって生活はある。でも。だけど。

「だいたい、信じられないよ。あんなに可愛い動物をどうして苛《いじ》めたりできるのよ」

怒りのあまり、泣きながら地面を踏み鳴らすわたしに向かって、黒澤さんは静かに言った。

「怖くなった気持ちそのものは、わからないでもないけどな」

「え？」

「俺だって、馬は怖いもなぁ」

驚きのあまり、涙が引っ込んだ。

「そりゃあそうでしょや。あの後ろ肢で思いっきり蹴られりゃ、人間なんかひとたまりもないもん。俺の知り合いの獣医なんか、ひづめの裏を診ようとして蹴り飛ばされて、コンクリートの壁で頭ぶち割って脳挫傷、今でも寝たきりだよ。どんなに慣れてるつもりでいても、ほんのわずかな油断が命取りになる。それだけの力を持ってる大きな動物を相手にする以上、ちゃんと対処するためには、ちゃんと怖れることが必要なんだわきっと」

大事なことを、言われている気がした。

「だけどな」

と、黒澤さんが続ける。

「いくら怖いからって、あの大馬鹿野郎みたいに馬を威嚇して、力でねじ伏せようなんていうのは間違ってる。恐怖心から人間に従ってる馬は、もっと大きな恐怖が迫ったら、こっちの言うことなんか絶対に聞かなくなっちまうんだからな」

そう――たしかにそうだ。もともと群れで暮らす動物だけに、こちらがボスとしてリーダーシップを取らなくてはいけない時もあるけれど、それだって力で無理やり従わせるのじゃなく、馬が自分から従いたくなるのが理想だし、そのためには何よりもまず信じてもらわなくてはならない。お互いがお互いの最も安心できる相棒となれるように。

ふっと、わからなくなってしまった。子どもの頃からわたしは、どうやって馬たちにこちらのいうことを聞いてもらっていたのだろう。

力でねじ伏せた覚えはない。もちろん脅したこともない。それでも多くの馬たちはこちらの気持ちを汲み取るかのように従ってくれていたし、思い返せば彼らとわたしの間には、言葉にならないものが行き交っていたような気がするのだ。まるで、契約のしるしに互いの血潮を交わして一つに溶け合うかのような、ある種、官能的なやり取りが……。

いろいろ混乱して押し黙ってしまったわたしに、黒澤さんはやがて言った。

「さとちゃん。俺、頼みがあるんだわ」

「……なに」

「なんとかしてレラのやつにもう一度、人間を信じる気持ちを思い出させてやってくれないか」

＊

新冠でガソリンスタンドに寄った。

トイレを済ませ、自販機で買ったオレンジジュースを飲みながら、スタッフがわたしの愛車に給油してくれるのを見守る。

このわたしを、どこまでも乗せて走ってくれる車。長いボンネットの横顔は、とくべつ優美なサラブレッドの鼻面《はなづら》を連想させる。

結局のところ、どこまでいっても、わたしは〈乗る女〉なのだ。誰かに乗せてもらうのではつまらない。馬にも車にも、そして男にも、自分の意思で乗りたい。

オレンジジュースの缶を捨て、車へ向かう。ほんのわずかに左脚を引きずるわたしを見て、フロントガラスを拭いていたスタッフがはっとした表情になる。

今ではもう、めったに人に気づかれることはないほどなのだけれど、やはり娘が心配してくれたように長時間のドライブと船旅がこたえたのだろうか。運転席に乗り込む時、彼はさりげなく手を貸してくれた。

「お気をつけて。行ってらっしゃい」

若さに満ちた励ましの声が嬉しかった。

白い布は、どんな色にでも染まる。しかし、染めた布から完全に色を抜き、別の色へと染め替えるのは簡単なことではない。

それと同じで、いったん人間を怖がるようになった馬に不信感を忘れさせ、互いの間に信頼を取り戻しながら新しいことを教えるのは至難の業だった。黒澤さんはあんなふうに言ったけれど、わたしは週末以外にはほとんど顔を出せなかったから、実際にレラを調教し直すのは彼が八割、わたしが二割といった感じの共同作業となった。

たいていの馬は二歳になるころ鞍付けをするし、呑気な性格の子であればその日のうちに人まで乗せてしまうこともある。神経質な馬でさえ、あえて手順をすっ飛ばしたほうが良い結果がもたらされる場合もある。

でも、レラに対しては急ぐわけにいかなかった。根本的にこちらを疑っている彼に無理やり鞍を乗せたりしたら、元の木阿弥《もくあみ》どころか、かろうじて残っているものまですべてが砕け散ってしまうかもしれない。薄氷を踏む思いとはこのことだった。

背中に薄っぺらいタオルをひらりとかけても動じなくなるまでに、半年以上かかった。鞍下毛布を乗せるのに、もう二ヶ月。いちばん軽い競馬用の鞍でさらに二ヶ月。しっかりとした乗馬用の鞍を乗せて腹帯まで締めることができたのはレラが三歳を迎えてしばらくたった頃だったし、とうとうわたしを背中に乗せて馬場を一周したのは四歳近くなってからだった。

通常の何倍もの時間をかけたおかげだと思う。その頃にはレラの疑心暗鬼はすっかりなりをひそめ、以前のようにわたしたちに甘えるそぶりを見せるようになっていた。一時は馬房に人が入ることさえ嫌がって暴れていたのに、わたしが行くとすぐさま寄ってきて、額を肩口にこすりつけたり唇ではむはむと顔をまさぐって遊んだりする。

そうしていざ再び気持ちが通い合うようになってくると、わたしは、よけいにレラが可愛くてたまらなくなった。週末ごとに朝から晩まで牧場に詰め、頭から尻尾《しっぽ》の先までくまなくブラシをかけてやるおかげで、彼の軀《からだ》は油を塗ったように毛艶《けづや》が良かったし、ひづめも顔が映りそうなくらいぴかぴかに輝いていた。

会社の同僚たちには、馬よりも早く恋人を見つけたほうがいいんじゃないの、とからかわれたけれど、わたしの日々はただただ、レラだけでいっぱいだった。

……少し、うそがある。

正確には、レラと黒澤さんでいっぱいだった。

宿直のスタッフのために用意された厩舎の真ん中の部屋は、いつ泊まっても、かぐわしく温かな馬と干し藁の匂いがしていた。明け方、わたしがそっとベッドから、というか黒澤さんの腕の中から抜け出して用を足しに部屋を出ると、向かいの馬房、鉄柵の間からレラが長い鼻面を突き出し、いかにも何か言いたげにムヒヒと歯茎をむき出してよこしたりした。

わたしたち二人の間に横たわる問題は、年の差以外に何もなかったし、それを気にしていたのも黒澤さんだけだった。

彼にまたがり、しがみついて腰を前後に滑らせる時、わたしは、他の男では味わったことのない快楽の極みまで駆けのぼってゆくことができた。あるいは種付け馬のように後ろから乱暴にのしかかってくる彼に、全部を注ぎ込んでもらうのもたまらなかった。

ある晩、終わってまどろんでいた時、彼がわたしの髪を撫でながらぽつりと言ったことがある。

「さとちゃんさ、オシラサマって知ってる？」

わたしは、眠いまぶたをこじ開けて訊き返した。

「なんて？」

「オシラサマ。農業とか養蚕《ようさん》の神様で、首から上が馬なんだけど」

「それって、アイヌの？」

「いや、東北に伝わる昔話」

腕枕に頭をのせたわたしを大事に毛布でくるみ込み、黒澤さんは訥々《とつとつ》と話してくれた。

ある娘がいて、飼っている馬と恋に落ち、夜も一緒に寝た末についには夫婦になった。それを知った父親は馬を木に吊して殺してしまったが、とりすがって嘆く娘を見てなおさら怒り狂い、斧で馬の首を切り落とす。とたんに娘は、その首にまたがって天へと駆け上がる。のちに、娘は父の夢に現れて親不孝を詫び、かわりに養蚕の方法を教える。そうして馬と娘は一対の神様として祀《まつ》られるようになった——。

「殺してから首を切るんじゃなく、生きながら皮を剝《は》いだら、その馬の皮が娘を包み込んで舞い上がるっていうバージョンも聞いたことがある。オシラサマってのはどうやら、お知らせ様から来てるらしくてさ。村にいろんなことを予言してくれるありがたい神様なんだってさ」

途中からすっかり目が冴えたわたしは、

「……どうして、その話をわたしに？」

身体をこわばらせて訊いた。

父との間のことは黒澤さんには打ち明けていないのに、なぜ……。もしかして、おかしな寝言でも口走ってしまったのだろうか。

ややあってから、彼は言った。

「さとちゃんがレラに乗る姿を見てると、俺、なんかこう妬《や》けてくる時があってさ」

予想とはまるで違った言葉だった。

「あれほどの強い結びつき、俺との間にはあるのかな、とか。オシラサマの話に出てくる親父さんの気持ちも、ちょっとだけわかる。あれ絶対、娘と馬の関係に嫉妬したんだよ。娘がとりすがって泣くのを見て、首まで切り落とすとか、生きながら皮を剝ぐとかいう凶行に及んだのもそのせいだよ。そうでもなけりゃ、ちょっと正気で出来ることじゃないしょ」

わたしは黙って身体を起こした。同じく裸のままだった黒澤さんの上に重なり、腰を浮かせる。中心にあてがってから再び腰を沈めてゆくと、彼は余裕のない感じで呻《うめ》いた。

「レラのことは、この世の誰より愛してるけど……」

耳もとに囁《ささや》く。

「レラとは、こんなふうに出来ないよ」

黒澤さんの目が、牡になった。

――いま思い返せば、ひと回り半ほども年上の彼に、父親的な包容力を求めて甘えていた部分もあったのかもしれない。たとえ娘が生まれたって、わたしの父のようなことだけは絶対しないひと。馬たちを大切に扱うのと同じように、女性のことも心をこめて愛おしんでくれるひと……。

それが依存に似たものであったにせよ、わたしは、彼のことがほんとうに好きだったのだ。

歳を重ねてからではどうしたって取り戻せないほどのひたむきさで、あの頃のわたしは黒澤さんに焦がれていた。

＊

あらかじめ備えることのできる別離と、突然降りかかるそれと、どちらのほうが辛いのだろう。

両方とも経験した今になっても、答えはわからない。どちらも辛かったし、それでも何とか立ち直ったからこそ、わたしは今ここにいる。

レラは——あの賢く美しい、唯一無二の栗毛の馬は、わたしを背中に乗せて走ってくれるようになってから半年もたたないうちに、逝《い》ってしまった。突然の、ほんとうに突然の出来事だった。

外にもだんだん慣らしてやってほしい、と黒澤さんに頼まれて、わたしがまたがり、何度目かで外乗に連れ出した午後のことだ。ずっと落ち着いて歩いていたレラが、いきなりめちゃくちゃにいななないて棹立《さおだ》ちになったかと思うと後肢でたたらを踏み、どうっとアスファルトに横倒しになった。それきり、目をあいたまま、もう動かなかった。

死んだ馬と、気を失っているわたしを見つけて救急車を呼んだのは、車で通りがかった地元の人だったと聞いている。

後になって判明したレラの死因は、脳溢血《のういっけつ》。馬にもそんなことがあるなんて思いもよらなかった。

札幌の病院に入院している間、黒澤さんは何度もお見舞いを持って通って来てくれたようだけれど、そのつど、東京から来ていた父親が有無を言わさず追い返した。娘は歩けなくなるかもしれない。お前に金を要求するつもりはないが、そのかわり金輪際、娘の前に顔を見せないでほしい。そんなふうに言ったらしい。

倒れた馬の下敷きになったわたしの左の骨盤は砕けていた。痛みのあまり途中で気を失ってしまったせいで、彼にとりすがって泣いてやることさえ出来なかった。

怪我そのものよりも辛かったのがリハビリだ。レラがあんまりかわいそうで、自分もまたかわいそうで、夜中に独り、どれだけ泣いたかしれない。

車椅子での生活を経て、ようやく杖をつけば歩けるようになってから、思いきって黒澤さんに会いに行ったことがある。ひたすら謝られるばかりで、どちらも苦しいだけだとわかった。

不自由な身体でこれまでの勤めを続けるわけにもいかず、わたしは東京の実家に戻った。父は、わたしと距離を置くようになっていた。娘に一度は完全に棄てられたのが応えたか、用事がなければ口をひらかず、こちらを注視することもなかった。寂しい関係ではあったけれど、わたしのほうもそれがぎりぎり譲れる限界で、そうして二年後、父は静かに痩《や》せて旅立っていった。悪かったなあ、という掠《かす》れた呟きに、もういいよ、と返したのが最後の会話だった。

父の遺してくれたものを元手に、わたしはオーガニックの食品や化粧品を扱う小さな会社を始めた。仕事を通じて知り合ったひとと付き合うようになり、結婚したのが二十九の時。すぐに娘が生まれた。

すれ違いの増えていた夫と、お互いまったく円満に離婚したのが一昨年のことだ。娘は無事に大学へ進み、ずっとわたしに良くしてくれていた姑も、長い患《わずら》いの末にこの夏、世を去った。

一人旅をしたい、とわたしが言いだしたとき、娘が快く協力してくれた背景にはそういった事情もある。

自分の中で、何かひとつ大きな区切りをつけたかった。ピリオドにはまだ早くても、カンマくらいは打っておきたい。そう思った時、頭に浮かんだのは、今はもういないレラと、あのひとの顔だった。

いつしか年賀状さえ送らなくなっていた。忘れたかったからではない。彼をこれ以上苦しめることだけはしたくなかったからだ。

こういう時、ネットというものはありがたい。ちょっと検索しただけで、彼が今でもあのときと同じ場所で馬たちを育て、乗馬を教えたり、観光客を相手にトレッキングを行ったりしていることがわかった。

牧場のスタッフ紹介のページには、彼と同じ苗字を持ち、同じ顔で笑う青年が写っていた。歳はたぶん、うちの娘とそう変わらないだろう。

あの不器用な彼が、不器用なりに幸せな家庭を築いていたのだと思ってみても、寂しさはなかった。わたしは、ただただ深い安堵を覚えていた。

＊

新ひだか町を過ぎ、静内《しずない》温泉の近くも通り過ぎると、国道二三五号線はほとんど波をかぶりそうなほど海岸に近くなる。

海へと突っ込んでゆくかのような長いながい坂道を下り、ひたすら走る。このままっすぐ行けば襟裳岬《えりもみさき》に辿《たど》り着くのだけれど、二三五号線が浦河の町なかで二三六と名前を変えてからなおもしばらく走ったところで、わたしはハンドルを左に切った。

少しゆくと、ダートロードに入る。道はでこぼこしていた。木立の中をゆっくりと進む。わずかに紅葉の始まった木々の梢《こずえ》から眩しい木漏れ陽が降り注ぎ、強い光と濃い影とがボンネットを撫《な》でさすり、するすると後ろへ遠ざかってゆく。

いきなり、道の右側の林から何か大きな生きものが飛び出してきた。ぎょっとなってブレーキを踏みこむ。馬かと見まごうほどの大きさ。牡のエゾシカだ。

立派な角を戴《いただ》くシカが、白いお尻をひらりひらりと閃《ひらめ》かせながら左側の林へ分け入ってゆくのを、茫然《ぼうぜん》と口をあけて見送る。心臓がばくばくしていた。神様が目の前を通り過ぎたかのようだった。シカの神はたしか〈ユクカムイ〉といったか。子どもの頃読んだきりなのに案外憶《おぼ》えているものだ。

この旅で初めて、写真を撮って娘に見せてやればよかったと思ったが、後の祭り、そもそも間に合ったはずもない。再び、そろりと車を進めると、やがて、目的地の看板が見えてきた。

駐車場に車を乗り入れ、エンジンを切る。

すぐ正面に建つクラブハウスは、ほぼ記憶にあるままだ。前の経営者から引き継いだあとも、古くなったところをそのつど手入れしながら大切に使ってきたのだろう。新しい建物にはない落ち着いた佇《たたず》まいに迎えられ、身体が急に長旅の疲れを思いだす。

何の予告もなく来てしまったから、彼がいるかどうかはわからないし、会えたとしてもわたしをどういう顔で迎えてくれるかはわからない。いずれにせよ、中に入って一旦腰を下ろしてしまったら、しばらくは立ち上がれない気がする。

先に、馬を眺めてみたかった。

ドアを開け、鈍い腰の痛みをこらえながら車を降りて、すぐそこの牧柵にゆっくり近づいてゆく。

なだらかな丘陵を覆いつくす草の海。向こう側の柵など見えないほど広々とした牧草地のあちこちに、何頭もの馬たちが点々と散らばっている。

耳もとを吹き過ぎてゆく風の音を思いだす。

前へ、前へ、前へ。

はっ、はっ、はっ、はっ。

柵にもたれかかるわたしを見つけた一頭の馬が、右手のほうから好奇心まる出しで近づいてきた。赤みがかった焦げ茶の体軀に、それより少し淡い色のたてがみ。額には〈作《さく》〉と呼ばれる白くて太い筋がある。

なんて穏やかな目をした馬だろう。毛色も、目もとも、レラにどこかしら似ている。

手を差しのべると、馬は注意深くわたしの指先の匂いをかいだ。生温かい息が吹きかけられ、マシュマロのような鼻面がてのひらに押し当てられる。この感触も二十数年ぶりだ。人なつこいのはきっと、あのひとが精魂こめて大切に育てたからだ。

レラ。

ああ、レラ。

会いたい。もうどうしたって会えないぶんだけ、目の前にいるこの馬が、泣きたいくらい愛おしい。たとえ会えたとしても、わたしにはもう自由に走らせることはできないだろうに。

と、ふいに後ろから声をかけられた。

「こんちはー」

あまりにも懐かしい声にふり返ると、ものの五メートルくらいしか離れていないクラブハウスのポーチから、彼がわたしを見ていた。

すぐにわかった。ネットで写真を見ていたからではない。たとえどれだけ会わなくたって、あるいはどれだけ皺が増えて髪が減っていたって、彼のことだけは見忘れるはずがないのだ。

「こんにちは」

と、挨拶《あいさつ》を返す。心臓が暴れ、声がかすれる。

「どちらから……」

言いかけた彼が、車のナンバーに目をやって頷く。

「ずいぶん遠くからいらしたんですね。フェリーですか」

「ええ、今朝」

「へえ。前後もご自分で運転して？」

わたしは微笑《ほほえ》んだ。

「もちろん」

「いい車だ」

「ありがとうございます」

「ちなみに、馬には乗られるんですか」

——馬には、乗られるんですか。

噴き出してしまいそうなのをこらえる。

「昔は、ずいぶん乗りましたね」

胸を張って言ってみた。そうして、思いきって付け加えた。

「今でも、うんと頑張れば乗れるんじゃないかしら。あなたが育てた馬だったら」

訝《いぶか》しげにこちらを見つめた彼が、ややあって、はっと目を見開く。半開きの唇がぎこちなく動いて、わたしの名前を形作る。

「……さと、ちゃん？」

「そうですとも」

お腹の奥からサイダーの泡のような感情がこみ上げてきて、気がつけばわたしは笑い出してしまっていた。

「何よ、すぐにわからなかったの？」

「や、わかんなかった。全然わかんなかったわ」

「どうしてよ、薄情者」

「だってさ、しょうがないしょ。さとちゃんってば、俺がいっつも思い出して想像してたのより、なまら若くてきれいなんだもん」

六十代も半ばを過ぎているくせに、口調があの頃に戻っている。

年齢より若く見えると言われるのは別段嬉しくも何ともないけれど、〈きれい〉との褒め言葉が、思わずといったふうに彼の口からこぼれた今の感じは悪くなかった。それ以上に、〈いつも思い出して想像してた〉とまで言ってもらえたことに、わたしはすっかり気をよくしていた。

二十何年という歳月に手を合わせたくなる。互いの間の気まずさも、悔いも、罪の意識もみんなみんな薄まって、ただ純度の高い懐かしさだけが残っている。彼のほうもそうだということがわかる。

「とにかく、コーヒーでも淹《い》れるべ。ゆっくりしてって」

「もとよりそのつもりですとも」

牧柵のそばで草を食んでいたさっきの馬が、地面から顔を上げ、ブルル、と鼻から息を吐く。草の葉と土くれを蹴立てて軽やかに走り去ってゆく逞《たくま》しい後ろ姿を見送り、わたしはクラブハウスへの階段を、手すりにつかまって一段ずつ上がった。

ポーチから黙って見守っていた黒澤さんが、途中でとうとう、

「大丈夫、なの？」

心配そうに言う。

「もちろん」

左の脚は今も持ち上げるのに少しだけ苦労するけれど、このとおり、生活には何の支障

もない。

誰も、悪くなかった。誰にも、どうしようもなかった。世の中はそういう事柄で満ちている。そういうものなのだ。苦しかったのは、何もわたしたちだけじゃない。

クラブハウスのドアを引き開けて、黒澤さんが待っている。

「どうぞ、入って。何から話そうか」

「そうね。まずは、あなたの息子さんを紹介してもらおうかな」

驚いたように彼がわたしを見た。

「ふう。そうきたか」

「いけない？　もしかして、奥さんに気が咎《とが》めたりする？」

「はは、なーんもなんも」

黒澤さんは、皺の寄った顔にあの懐かしい苦笑いを浮かべた。

「自慢じゃないけどね、さとちゃん。今の俺は天下晴れての独りもんなのよ」

そうして奥へ向かって大声で、涼やかな響きの名前を呼んだ。

ようやっと階段を上がりきって辿り着いたポーチから、後ろをふり返る。午後の陽射しに輝く牧草地を背景に、ここまでわたしを連れてきてくれた今の相棒がどこか満足そうに佇んでいる。

ふだんは東京の家のガレージにおさまっているその姿を思い浮かべ、娘の顔を思い起こしてみても、黙ってここに来たことを後ろめたく感じたりはしない。これはわたしだけの心の旅であり、決してなくしたくない愛しい想い出であり――。

レラがいない今、わたしのほかにそれを知っているのは黒澤さんだけなのだ。

訪れ

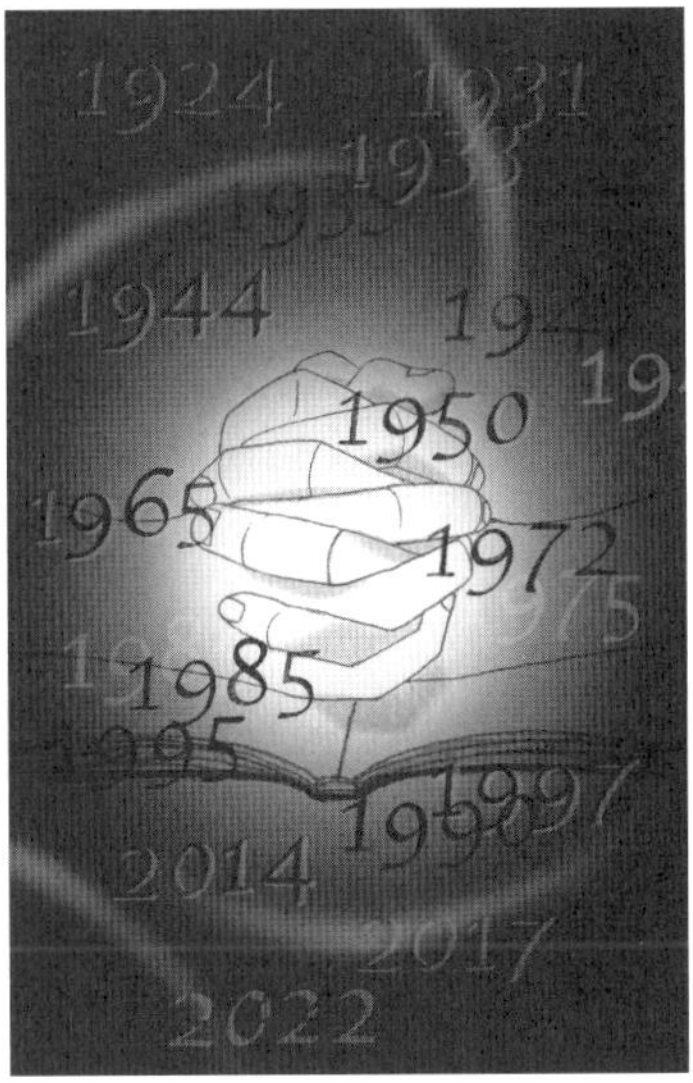
1924
1931
1944
1950
1965
1972
1975
1985
1995
1997
2014
2017
2022

人は誰しも、残り時間のほうが少なくなると、来し方を思い起こすものだ。

そういえばそんなこともあった、今頃あのひとはどうしているだろう、あの時ああしていればよかった、あんなことを言わなければよかった。

懐かしい想い出や、今も残る後悔のまにまに、自身の歩んできた道筋を何かのかたちで残しておきたいと願う。自分なりに精いっぱい生きて残したささやかな爪痕《つめあと》を、この身体が消えてしまった後も誰かの記憶に留めてもらいたい……。

とはいえ、いざ自叙伝を書き残しておこうと思い立ったところで、ふだんから書き慣れていない人に長い文章はハードルが高い。やたらと構えてしまってなかなか書き出せなかったり、ようやく書き出しても主語と述語が嚙《か》み合っていなかったり、話があっちこっちへ散らかったり、あるいは読むに堪えない自慢話の羅列になってしまったりする。

そうした人たちの手助け――それがつまり、私の仕事だ。簡単に言えば〈自分史〉代行業。依頼人のもとへ赴《おもむ》いて話を聞き、整理して書き起こし、読みものとしての体裁を整えてゆく。

人ひとりの人生を書き残すというのは、思う以上に力の要る仕事だ。まずは相手の人となりをざっくり把握するために、こんな質問から始める。

〈人生をふり返って、強く印象に残っていることは何ですか〉

〈会ってみたい人は誰ですか〉

〈ご自身について、どのようなことを誇りに思っていますか〉

途中からは記憶がほどけてゆくまま好きなように話して下さってかまいません、時には私の側からも質問するかもしれませんができるだけお話の腰を折らないように気をつけますから……といった具合に水の流れる道を作ってゆくと、口の重い人でもなんとか少しずつ記憶をたぐり寄せて話し始めてくれる。

人の〈記憶〉というのは得てして曖昧《あいまい》なもので、簡単に書き換えがきく。罪のない武勇伝くらいならまだしも、事実関係に大きな誤りがあっては後々問題にもなり得るから、まとめる際には念のため図書館やネットなどを駆使して史実との整合性を調べなくてはならない。

そうかと思えばまた、妻や子どもらへの気兼ねから人生の肝腎な部分の話をごっそり伏せなくてはならない場合だってあるし、途中で本人の気が変わることも、時には亡くなってしまうこともある。時間を削られる以上に、精神を削られる仕事と言っていい。

それでも私にとっては、何ものにも代えがたい張り合いがあるのだ。当人はもとより家族から、おじいちゃんの歴史やおばあちゃんの想い出をよくぞこうして書き残しておいてくれた、と感謝されると、そのために費やした時間と苦労のすべてが報われた気持ちになる。

当初はライター稼業のかたわら少しずつ手探りで始めたことだったのに、だんだんとこちらがメインの収入源になってきた。今年で三年目、私も三十八歳。結婚の予定はないし、今のところ恋人もいない。もういいかげん、肚《はら》を括《くく》って一つのことに集中していい頃合いかもしれない。

言葉は、文字は、残る。

携帯電話にカメラ機能がついて以来、私たちは人生の特別な瞬間さえ何枚かの画像や動画を保存するだけで満足するようになってしまったけれど、それらは時が経てばどんな経緯で撮られたものか、誰が誰かさえわからなくなってしまう。

でも、言葉によって記録されたものは永遠に残りうる。石板や羊皮紙《ようひ》に書かれた文字や、古《いにしえ》の聖書が今も読まれるように。


正月気分もようやく落ち着いてきた週末の昼下がり、私はスマホの地図を頼りに依頼人宅へ向かっていた。昨夜の雨はきれいに上がり、水たまりには青い蒼《あお》い冬の空が映っていた。

世田谷の閑静な住宅街、長くゆるやかな坂道を登りきった角に、光石禄郎《みついしろくろう》さんが一人で暮らす家がある。話に聞いていたとおり敷地は紅いサザンカの垣根で囲われ、まだ濡れている外の歩道にも花びらが血潮のように散っていた。

ドアを開けてくれたのは、五十代半ばくらいの女性だった。

「わざわざいらして頂いてすみません。迷われませんでした？」

朗らかな声で言う。

「禄郎の娘の、京子《きょうこ》です。このたびはお世話になります」

そうだ、最初に電話をかけてきたのはこの声だった。今回は本人からではなく、息子二人と娘が相談の上で父親の〈自分史〉を依頼してきたのだ。

「母が亡くなって以来、いつもはこの家に父ひとりで暮らしてるんです。兄たちはちょっと遠くに住んでますし、私も勤めがあるので週に一回くらいしか来られなくて」

揃えてもらったスリッパを履き、京子さんの後から廊下を奥へ進む。艶《つや》やかな板張りの床に、ほんものの漆喰《しっくい》塗りの壁、古い家のようだが手入れは行き届いている。他に通いのヘルパーさんでもいるのか、経済的には余裕があるようだ。

廊下の突きあたりの居間に入るなり、ストーブで温められた空気と、他人の家特有の匂いに包まれた。

「どうぞ、そちらにおかけになって下さい」

右手の台所から京子さんの声がする。

反対側を見やると、庭に面した窓のそばのソファに、小柄な老人が座って新聞を広げていた。

グレーの綾織りのシャツ、もう少し濃い色のズボン、その上にフェアアイル柄の編み込みのベスト。てっぺんの薄い白髪頭もあいまって、品のいい老紳士といった風貌だ。

新聞を畳んで脇へよけたその人に近付き、挨拶《あいさつ》とともに名刺を差し出す。

「初めまして、このたびはよろしくお願いします。担当させて頂きます、高野《たかの》と申します」

私から受け取った名刺を、表、裏、と遠慮なく矯《た》めつ眇《すが》めつしながら、禄郎さんは言った。

「麻里《まり》さん、というんですか」

「はい」

「ふむ。時間に正確なのはいいことですね」

聞き取りやすい、張りのある声だ。

初対面の挨拶としてはいささか風変わりだが、値踏みというよりは単なる感想といった感じだったので、ありがとうございますと頭を下げる。勧められるまま、禄郎さんとは九十度の位置に置かれた一人掛けのソファに腰を下ろすと、丹精を尽くされた庭が正面に見えた。

右手のサイドボード、ちょうど禄郎さんの頭の後ろあたりに、古びた木製の聖母マリア像が大事そうに置かれている。身長三十センチくらいあるので、けっこうな存在感だ。

あらかじめ記入してもらった基本資料に、一家全員がクリスチャンとあったのを思いだした。

中学高校とミッション系の女子校に通ったものの、とくに宗教を持たない私には、それがどういう生活であり心境であるのかかえってうまく想像できない。毎日の礼拝のたびに聞かされた聖書の言葉も、暗誦したお祈りも、耳と口を素通りするだけで私の中には留まることがなかった。

マリア像の斜め上には大きめの額が飾られていて、そちらはゲッセマネのキリストを描いたセピア色の絵だった。組んだ両手を岩の上に差し伸べて中空を見上げるキリストは、彼の神様に向かって何を祈っているのだったか――確か、できれば磔《はりつけ》になんかなりたくないです、でもどうしようもないのなら甘んじて受けます的なことだった記憶がある。知った時は、神の子でも弱音を吐くんだなと思って新鮮だった。

禄郎さんが眼鏡をはずして応接テーブルに置いた。ひたと私の上に注がれる視線は、静かだがじわじわと寄せて来るような圧がある。

もっと、よぼよぼのおじいさんを想像していた。大正十三年生まれ、すでに九十代の半ばに達しているとは思えない。

「ご年齢よりもずいぶんお若く見えますすね」

あえて、そう投げかけてみた。

こう言うと八割くらいの人は謙遜し、残りは〈そうですか？　わりとよく言われるんですよ〉などと相好《そうごう》を崩すのだけれど、禄郎さんはとくに表情を変えないまま、

「ふむ。男に向かって年より若く見えるというのは、あんまりいい褒《ほ》め言葉じゃあない

ね」

あまり聞かない答えを口にした。

「すみません」

「……なぁんてことを昔はよく言ったもんだけれども、アタシももうこの年だからね。ありがたく受け取っておきましょ」

冗談とも何ともつかない物言いで、ちょっと口を尖《とが》らせてよこす。よく見ると目もとは和らぎ、まばらになった眉毛の両端が下がっていた。〈アタシ〉というどこか江戸っ子っぽい一人称が、不似合いなようでいてけっこうしっくりはまっている。

よかった、と私は思った。このひとのことを好きになれそうだ。

本人の代わりに〈自分史〉をまとめる上で、その人となりを好もしく思えるかどうかは大事なポイントだった。たとえ虫の好かない相手でも、依頼を受けた限りはきっちり仕事をするけれど、あくまでも私にしかわからない範囲で、微妙な差は生まれてしまう気がしている。

「お父さんったら、また偏屈なことばっかり言わないのよ」

飲みものを運んできた京子さんが釘を刺す。

「ごめんなさいねえ、高野さん。何かっていうと皮肉めいたことを言いたがるのは父の癖なんです。それも父のは一流で、聞いてすぐには皮肉だってわからないの。三日くらいしてからあれはもしや、って気づいて腹が立ってくるの。もうね、人と話してるのを横で聞いてるとハラハラしちゃって、フォローが大変」

私たちの前にそれぞれコーヒーとケーキを置き、丸いお盆を持ったまま父親の隣に腰を下ろす。

と、禄郎さんが言った。

「お前はどこかへ出かけてきなさい」

えっ、と京子さんがその顔を見る。

「どうして？　私も一緒に聴いてちゃいけない？」

「娘の前では話しにくいこともある」

「だって、まとめて頂いたものは私たちみんなが読むのに？」

「それはそれ、これはこれだ。横で聞いてるとハラハラするんだろう？　だったら横にいなけりゃ、その必要もないじゃないか」

「またそういうことを……」

「ああ、ちなみに、うっかりポロリと喋ってしまったことなんかは、こちらが言えばカットしてもらえるんでしょうね？」

と、これは私のほうを見ての質問だ。

「もちろんです。おまとめした原稿はまずご本人に目を通して頂いて、ご納得のいくまで修正を加え、最終的にご了承を頂いた上で印刷に入ります」

ほら見ろ、とばかりに父親が娘を見やる。

「そういうわけだ。時間もかかるだろうから、ゆっくりデパートへでも行っておいで。そうだ、まだお年玉をやってなかったな」

「何言ってんの。いくつだと思ってんのよもう」

むくれた様子で立ってゆく娘の背中を見送ると、禄郎さんはこちらを見てニヤリとした。


全体の分量については応相談だが、基本プランは、フルカラー全二十四ページの冊子を五部刷って税込み十万円。追加料金で部数を増やすことも、もちろんページ増も可能だ。内容は、インタビューの際にこちらが撮影する写真と、依頼人所蔵の想い出の写真が数枚ずつ、残りは文章でまとめる。当人の語り起こす逸話だけで構成してもいいし、家族へのメッセージや、あるいは孫との対談などを加えるなど、そのへんは自由だ。

じつのところ、今回のように息子や娘が親の〈自分史〉作成を依頼してくるケースは少なくない。古稀《こき》や喜寿《きじゅ》、傘寿《さんじゅ》に米寿《べいじゅ》といったおめでたい機会に皆でお金を出し合ってプレゼントする場合もあれば、時には、面と向かっては切り出しにくいことをそれとなく伝える手段として利用されることもある。

後者はおおかた、相続にまつわる問題だ。年老いた親を前に、いきなりむきつけに「遺言状を書いて下さい」とは言いにくい。困った家族はとりあえず親に〈自分史〉を残すことを提案する。自身の来し方をじっくりふり返り、遺される者たちへの想いを言葉にした親たちは、そこでふと気がつくわけだ。自分が汗水垂らして働き、頑張って生きてきた証しであるこの家や財産を、そろそろきちんとしておかなくてはならないのではないか。〈自分史〉は確かに想い出のよすがにはなるだろうけれども、これをきっかけに、法的にも有効な書面で残しておいたほうが……、と。

「わかってるんですよ、あの子らの思惑ぐらい」

よく磨かれたサッシ越しに淡い光の射す庭を眺めやりながら、禄郎さんは言った。

「暮れになって急に、〈自分史〉がどうとか言ってきた時は驚いたけれども、けっこう嬉しかったんだ。これまでは、自分の生い立ちや若い頃のことなんかをまとめて誰かに話したことがなかった。死んだ妻にだってそうです。アタシは職場なんかでは必要なら喋るほうだけれども、家ではほとんど黙ったっきりだったからね。そうやって考えてくと、このままアタシが死んでしまった時、誰がほんとうのことを知っててくれるんだろうと思ったら、さすがにちょっと寂しいというか、いたたまれなくなってきてね。そこで初めて、わかる気がしたんですわ。〈自分史〉とやらを残したがる人たちの気持ちがね。ま、そんなこんなで、この際だから親孝行な彼らの提案にありがたく乗っかろうと思ったわけですよ。そしたらあなた——京子が、やけに嬉々として言うじゃないですか。『昔のことをふり返るついでに、大事な書類の在処《ありか》とか、金庫の暗証番号なんかもちゃんと書き留めておいてよね』なぁんてね。そこに至って、ははあ、なるほどそういうことかと」

その京子さんはといえば、応接テーブルの上に魔法瓶から急須、お茶っ葉やお菓子まで用意して出かけていった。家の中はとても静かだった。壁に掛かっている古いセイコーの時計が律儀に時を刻むほかは、たまに外を通る車の音や、庭の垣根のそばをゆく親子連れの話し声がかすかに聞こえるだけだ。

「まあね、確かに必要なことではあるわね。うちには分与するほどの財産もないし、子どもらの仲が悪いわけでもないけども、揉め事の種は少ないに越したこたぁない。蒔《ま》いた種からうっかり芽が出ちゃったって、刈り取るべきアタシは、その頃にはもうこの世にいないわけだから。そうでしょ？」

否定しても始まらない。

「そうですね。おっしゃる通りです」

頷《うなず》いてみせると、禄郎さんは小さな目を瞠《みは》り、何が気に入ったのか、初めて声をたてて笑った。

＊

「人生で誇りに思うこと――ですか。どうだろうな。誇りよりもむしろ、恥についての記憶のほうが強烈に残ってる気がするね」

応接テーブルに置かせてもらった小さなボイスレコーダーをじっと見おろしながら、光石禄郎さんは話し始めた。

「アタシは、光石家の次男坊として、一九二四年の九月八日、東京の大森町で生まれました」

ボールペンを手にした私が、膝に広げたノートに要点をメモするのを見つめる。

「どんどん話して下さって大丈夫ですよ」

と言うと、頷いて、視線を庭のほうへ投げた。

「光石家っていうのは、何しろ封建的というか、家父長制の見本みたいな家でね。長男だけはうんと大事にされたけれども、その下の弟妹三人はついでに育っているような感じでした。親父は市場で花屋をしてたんだけれども、これがまあ軍隊帰りを自慢にしているような暴君で、いつも周りのみんなが顔色を窺《うかが》ってたなあ。兄貴はそれをそのまんま受け継いで、毎日のように弟たちに暴力をふるうんだ。とくにすぐ下のアタシは、しょっちゅう殴られて鼻血を垂らしてました。だけど、親父は見てるだけで何にも言わない。したがってアタシは、親父にも兄貴にもいつだってふてくされているような、可愛げのない子どもだったと思いますね。性格的に、言い訳じみたことが大嫌いだというのもあって、何を聞かれてもろくに口もきかなかった。この性格は、長じてからも後々まで祟《たた》ったな。

印象に残ってることですか――そう、たしか小学一年生の時だったか、学校から帰ってきたら、家族がみんなよそ行きの服に着替えて待ってるんですよ。親父と兄貴と弟と、末の妹を抱いたおふくろがね。アタシは知らされてなかったんだが、この日は市場が定休日で、どこかへ飯でも食いに行くことになってたらしく、お前もさっさと着替えてこいと言う。そばではもうタクシーが待ってました。しかしアタシは、何せ排気ガスのにおいが嫌いでね、車に乗るとすぐ酔っちゃうんだ。それがイヤで、『行かない』と言った。

とたんに親父の顔色が変わってね。兄貴と弟に小遣いをやって遊びに行かせるなり、アタシを家の中へ引きずり上げて、今からお前の性根をたたき直してやる、と仁王立ちですよ。かつての親父は優秀な兵士だったようでね。もとの上官から再役の勧誘を何度も受けて、しかし家の事情で応じることができなかったのをいつも残念がっていたほど軍隊好きでした。その兵隊式の鉄拳制裁を、六歳の子どもに加えたわけです。殴られ、蹴飛ばされ、壁や柱に投げつけられて、このまま殺される、と思いました。おふくろはただオロオロと泣くばかりで助けちゃくれない。

どれだけの時間がかかったか、やっと解放されて、定休日で静まり返った市場の通りをだらだら鼻血を流しながら歩きました。裏の路地に祖母が隠居暮らしをしていて、当時アタシが頼れるのはこの祖母だけだったんです。目の周りまで腫《は》れ上がっているせいで、歩いてても前なんか見えなかったですよ。

その一件があって以来、親父とはますます口をきかなくなりました。いっぽうで、兄貴のアタシに対するいじめはどんどん酷《ひど》くなっていってね。三つ違いだったから力では敵わんし、抵抗すればさらに痛い目にあうばかりだったもんで、たいていアタシは無抵抗でした。見かねた祖母が箪笥《たんす》の奥から日本刀を二本持ちだしてきて、アタシらに突きつけたこともありました。

〈裏の原っぱで、死に斬《ぎ》りやっといで！〉

あの時ばかりは兄貴の腰が引けていたなあ。

母親は、自分の産んだ長男に気兼ねして、家の手伝いなんかは言いつけないんです。商売の花屋の配達なんかは、アタシと弟が手分けしてよく手伝ってました。年末には大きな若松の束を積んで、自転車に丁稚《でっち》乗りして近所のお寺なんかに届けたりね。とにかく自分の家にいるのがいやで、夏休みになるたびに伯父の家へ泊まりに行って、従兄弟たちから川で泳ぎや釣りを教えてもらったもんですわ。こっちの家のほうがよっぽど家族みたいだったな。

そうそう、この家の末っ子が、三つ年下の女の子でしてね。生まれつき耳が聞こえなかったんですが、たまに遊びに行くアタシにはえらく懐いてました。口がきけないぶん、感情が激すると暴れだすことがあって、おかげでアタシの腕や肩や頬っぺたにはよく彼女の歯型がついてましたよ。言葉のうまく出ないもどかしさに嚙みつくんです。可愛かったなあ。

〈いいよいいよ、いくら嚙んだって兄ちゃんは怒らないよ〉

そう言って抱きしめて揺すってやると、アタシの肩やなんかに歯を立てて食いしばっているその小さな顎《あご》から、すうっと力が抜けていくんですわ。かわりに、下まぶたに溜まった涙がぽろぽろ、ぽろぽろ、こぼれてね。

や、そりゃあ痛いですよ、手加減なんか無しに思いきり嚙むんだから。だけど、その痛みが強ければ強いだけかえっていとおしくてねえ。心臓がこう、ぎゅうっとなったもんです。もしかするとあの時のあれは、何というか、性の目覚めみたいなところもあったのかもしれないね。

その子はしかし、小学校に上がるより前に命を落としてしまいました。破傷風ですわ。今どきはだいぶ少なくなったようだけど、当時はめずらしくなかったんです。彼女も、足の裏をガラスか何かで切ったところから化膿したらしく、医者へ担ぎ込まれたときにはもう手遅れだったそうで……そのことを知らせる手紙を母親が読んでくれた時は、どうしても信じられなくて、そりゃあ泣きましたとも。妹と恋人をいっぺんに亡くしたようで、ほんとうに哀しかった。そのアタシの泣き顔をね。――兄貴が、笑ったんですよ」

ふっと言葉が途切れたので、私は目を上げた。

禄郎さんはさっきと同じく、外の庭を眺めていた。ため息がこちらへ寄せてくる。

「兄貴を半殺しの目に遭わせたのは、後にも先にもあの時一度きりですわ」

赤いサザンカの花びらが、垣根の内側にもたくさん落ちている。日陰に散った花びらはさらに色が濃く見える。

冷めてしまったコーヒーをゆっくりと飲んで口を湿らせると、禄郎さんは再びぽつぽつと話を続けた。

「学校の成績は、悪くなかったですよ。自慢じゃないけども、予習復習なんぞしなくても、適当に授業を聞いていれば点数は取れました。ただ、とにかく家にいたくなかったし、親の世話にもなりたくなかったものでね。中学のあと上の学校に進むのはやめにして、町工場に住み込みで働くことにしたんです。ちなみに、あの一件以来アタシを殴らなくなった兄貴のほうは、一足先に卒業して、当時新しくできたばかりの〈青年学校教員養成所〉というところに入りました。中学の成績が良くなかったもので、ふつうの師範学校にも入れなかったんです。

当時、アタシを置いてくれていた鉄工所の所長は、これが今から思うとなかなかモノの解った人物でね。中国人や朝鮮人も採用して、わりあい分け隔《へだ》てなく働かせていたんですわ。なんだか最近のこの国もまた、そういう傾向が強まってるようだけれども、当時は彼らに対する民族差別意識が日本人全体にさらに強くあってね。嘆かわしい話だが、スラムのような地区で最低の生活を強いられている彼らのことを、はっきり言って人間扱いしていないようなところがあったんです。

だけれども、大東亜戦争が行き詰まって、日本の敗色が濃くなってきた頃——ということは昭和十八年の終わりごろか。そのあたりから、朝鮮人の工員が、昼間工場にいる時でも堂々と朝鮮語を話すようになってきた。中国人はといえば、一人、二人と姿を消していってね。戦局は彼らの耳にも届いていたんでしょう。

そしたら、翌年の春になっていきなり憲兵隊が乱入してきて、残ってる中国人をいわゆる〈反日分子〉として検挙していったんですわ。その時、アタシがわりと親しくしていた〈崔《さい》〉という男も連行されました。こちらが何を言っても憲兵隊の連中には一切通じなくてね、抗議した工場長までが危うく連れて行かれるところでした。

その夏――昭和十九年の八月に徴兵検査があって、アタシは甲種合格でした。三十キロの土嚢《どのう》を担ぎ上げる体力テストで続けざまに四十回上げて、もういいと言われました。背はこのとおり小さいが、工場で働くうちにいつの間にやら鍛《きた》えられていたんだね。

召集令状が届いたのは十月です。入営までに一週間ばかり間があったけれども、実家には帰りませんでした。べつに会いたい人間もいない。おふくろの顔だけはちょっと見たい気もしたけど、見たからってどうなるものでもないし里心がつくだけだと思ってね。工場の宿舎に残っていたら、そこへ、春先に憲兵隊に連れて行かれた崔が、ボロ雑巾《ぞうきん》のようになって帰ってきたんですよ。よくもまあ命があったなというような酷い状態でした。

彼を介護するために母親が地方から出て来て、アタシが召集されるまでの三日間ばかり、宿舎で一緒に暮らしたんだけれども、憲兵隊の拷問の凄《すさ》まじさは崔を打ちのめしていて、彼はあまりそのことに触れようとしませんでしたね。三日経って、アタシが集合場所へ行くために宿舎を出たとき、母親に身体を支えられながら外まで出てきて見送ってくれたんですが、彼ね、その時アタシに言ったんです。『死ぬなよ』とね。

想像できますか、あなた。この国の憲兵隊の拷問で、死んだほうがましなくらいによれよれになった彼が、彼自身の同胞を殺すために駆り出されていくアタシに向かって『死ぬなよ』と言うんですよ。あれは、なんとも、臓物に堪《こた》えたねえ。たまらなかったですよ。彼は、今もまだ生きているのかなあ。生きてたとしたって、とうてい顔向けできませんけれどもね。

ともあれ、そうして集められた我々新兵は、船と列車で延々と運ばれて、ソ連と満州と朝鮮の国境にある〈図們《ともん》〉という小さい町まで何日もかかって到着しました。いやはや、たまげましたよ。一日移動したって景色がまったく変わらないくらい大地が広いんだから。吹いてくる風は、乾いた土と草の匂いがしてね。馬糞や牛糞の匂いも混じってたな。ここで各地から集まった部隊の再編成があって、図們の部隊に残る者と、もっと奥地の〈春《しゅん》化《か》〉という町の部隊に入る者が仕分けされて、アタシたち春化組はさらに三十キロほども行軍してようやく次の日に到着しました。そこが、初年兵であるアタシの軍隊生活の出発点となったわけですわ。

兵隊としては、自分で言うのも何だけれども、優秀だったと思いますよ。嫌な話ですが親父譲りだったんでしょう。春化の部隊の守備陣地は塹壕《ざんごう》兵舎でね、山の上から河を越えてソ連側の兵舎を一望できるんです。部隊からこの陣地へは、五キロほどの道のりを森の中に身を隠しながら往復したもんです。ソ連の兵舎はアタシらのと同じく丸太造りで、やっぱり真っ白に塗ってありました。冬はもう、寒いなんてもんじゃなかったな。銃の照尺までが凍りついてね、同じ部隊の誰だかが、これをうっかり折って雪の中に落としてしまった。何しろ三センチくらいの小さな部品だから、必死になって探しても見つからない。だけれども銃には畏《おそ》れ多くも天皇陛下の菊の御紋がついているわけで、小隊全員、凍える手で雪をかきながら這《は》いずり回ったもんです。結局出てきませんでしたよ。見せしめに全員が並ばされて、古年次兵に殴られました」

ひと息ついて、禄郎さんはソファに座り直した。苦笑いを浮かべながら、皺《しわ》んだ目をしごしとこする。

「こんな話、しても仕方がないかな」

「そんなことないです」

私は言った。

「個人史であると同時に、とても貴重な証言でもあると思います。それにしても、細かいところまでほんとによく覚えてらっしゃいますね」

お世辞ではなく驚嘆していた。これまで、百人を超す依頼人の話を聞いてきたけれど、こんなに理路整然と、そして目に浮かぶように話す人はまずいなかったのだ。

私がそう言ってみると、禄郎さんはゆっくりと首を横にふった。

「忘れようとしても忘れられるようなことじゃない、という、ただそれだけのことですわ。しかしこんな話を延々聞かされても、まとめようがないんじゃないかな」

「いえ。そこはどうぞお任せ下さい。全体の分量のことはとりあえず横に置いて、全部聞かせて頂きたいです」

「全部？」

「ええ。できれば端折《はしょ》らずに」

禄郎さんが曖昧に頷く。

私はペンを握り直した。

「そこから昭和二十年の五月までの間は、じつにめまぐるしかったですよ。関東軍の主力が南方へ送られることになって、アタシらの部隊からも古い兵隊が大勢移動して兵舎が空になったり……そうかと思えば、在満州の会社やら公社やらに在職していた四十代以上のおじさんたちにまで緊急の動員がかかって、この人らが新兵として送り込まれてきたりね。装備なんかもう、痛々しいもんでしたよ。帯剣は竹光、銃は模造、飯盒《はんごう》は竹の曲げ物で火にもかけられやしない。そうして集められた自分より年輩の、何の訓練もされてない新兵さんたちを率いて、東京城《とうけいじょう》まで移動したりあれやこれやしているうちに——忘れもしない、八月九日、ソ連軍が国境から侵攻してきたんです。そう、戦局の見えた今ごろになって参戦してきたわけですわ。

この時、おそらくは部隊本部でクジでも引いたんじゃないかな。奇数中隊は北上、偶数中隊は南下することになって、アタシは第二中隊だったのでソ連軍から遠ざかるかたちで南へ進んで、東京城の駅を見おろす高地に散開して迎撃態勢を取ることになりました。後からわかったことですが、このとき北へ向かった奇数中隊は、ソ連軍の戦車隊と真っ向からぶつかって、ほとんど全員が戦死したそうです。丁と半の賽《さい》の目が生死を分かつことになった。

とはいえ、アタシたちだって似たような運命です。はるか眼下に見える東京城駅の周辺はもはや、煙にもうもうと包まれていました。それぞれ、いわゆるタコツボを掘って潜り込み、戦車の侵攻に備えていました。その当時アタシたちに課せられていた戦闘方法というのは、〈対戦車肉薄攻撃〉と呼ばれるものでね。どういうことかというと、戦車がぎりぎりまで近付いてくるのを待って、八キロ爆薬を抱えて飛び出し、導爆索を口にくわえて戦車のカタピラの下へ飛び込むんです」

「どうばくさく」

「導火線ですわ。当然、命はないですよ。しかしまあ、不思議なものでね、自分が掘ったタコツボの中で、死ぬとか生きるとか、どうでもよかった。乾パンなんかを取り出して、ゆっくり嚙んで食べてましたよ。口の中がぱさぱさして、ああ旨《うま》い茶が飲みたいなと思ったのを覚えています。

この時は翌朝まで待機していたんですが、ソ連軍がまだ遠くにいるということで再び南へ向かって歩き出すと、途中でやつらの爆撃機の機関砲射撃を受けてね。地べたに伏せている頭の真横に、大きな薬莢《やっきょう》がガランと落ちてきて、今のはちょっと危なかったなと思いました。自分の生死がまるで他人事でしたね。その後はもう、ただただ敗走、敗走ですよ。満州の荒野を三百キロも歩き続けた挙げ句に、吉林《きつりん》近郊の〈敦化《とんか》〉というところの飛行場で、ソ連兵らに武装解除されて捕虜になりました。それが八月二十六日のことです。戦争が十日ほども前に終わっていたことさえ知らずに歩き続けていたんですわ。

千人以上の丸腰の捕虜が、ロ助《すけ》の兵隊に銃剣で脅されながらぞろぞろと牡丹江《ぼたんこう》まで歩かされることになりました。連中の知恵というべきか、行軍には牛を何頭か連れて歩くんです。夜、宿営のたびに一頭ずつ殺して食料にするんですわ。その使役に出ると、心臓だとか脳みそといった余禄がついてくるもんだから、うちの小隊からは毎日誰かを出すようにしたもんです。力を付けないことにはとうてい生き残れない。行軍の間も、周りの畑の中に日本兵の亡骸《なきがら》が半ば白骨化してうち捨てられているのを見てましたからねえ。

辿《たど》り着いた牡丹江からは、貨車に乗せられることになりました。草原を囲むように大きく湾曲した線路に、数十両の貨車が連なっていてね。ソ連式の人員勘定方式で、一車両につき四十名ずつ詰めこまれるんです。その真ん中へんで、ソ連の将校が何やら叫んでました。日本兵が三名引き出されてね。どうやら脱走を試みたらしい。千人が貨車の窓から見つめている前で、ソ連兵がマンドリン銃でパラパラパラと、それはもうあっけないものでした。逃げる気力なんか、そこでまったく消えてしまった。殺された人の名前はわかりません。なんで戦争は終わったのに死なにゃならんのか。仲間の日本兵が彼らを埋めて、列車は出発しました。

ふと見たら、日本へ送還されるためのナホトカ行きだとばかり思っていた列車が、夕陽に向かって西へと走ってるんです。絶望、という言葉を、あの時思い知りましたよ」

たくさん話して口が渇いたのだろう、禄郎さんは急須のふたを取り、魔法瓶からお湯を入れて少し置くと、私と自分の湯呑みに注ぎ分けてくれた。

緑茶のかぐわしい香りが立ちのぼる。タコツボの中で突撃の瞬間を、つまり死の訪れを今か今かと待っている時、彼が飲みたかったのはこの一杯のお茶だった。

「シベリアでの捕虜時代のことは、あんまり話す気がせんのですわ」

禄郎さんは言った。

「とにかく酷い四年間だったもんでね。とくに初めての冬には、死人がたくさん出た」

「よく生きて帰られましたね」

私が言うと、禄郎さんは二度頷いた。

「若かったからでしょう。二十歳そこそこで体力があって、だから生き延びることができた。あとはただ、運です」

「運……」

「そう。たまたま死ななかったというだけでね。あの頃はまさか、自分に子どもや孫や、ひ孫までできる日が来るなんて想像もつかなかったですよ。どこまでも流れていく白い雲を見上げては、ひたすら羨《うらや》ましかったもんです」

湯呑みの底がその時の空へと続いているかのような遠い目だった。

「最初の年に斃《たお》れた捕虜の多くは、終戦直前に緊急召集された年輩の兵隊でした。少ない食料と厳しい寒さのために、あっという間に痩《や》せ衰えて静かに死んでいきましたよ。アタシの上の寝台で寝ていた人も、どんどん体力がなくなってきて、週に一回の入浴におぶって連れていって、身体を洗ってやって、またおんぶして帰る途中に背中で重くなってね。部屋に戻って下ろすと、もう死んでいた。仲間の口から、『生きてる間に湯灌《ゆかん》が済んだ』と冗談が出たっけな。

当時の捕虜の仕事は、伐採と製材所の作業が主でした。それから、鉄道の路盤に敷くバラスを作るのに、大きな岩石をハンマーで砕くとかね。その岩石を切りだすのにも、岩山の爆破作業があったりしたな。ダイナマイトを使うから、ここでもちょくちょく死人が出ました。

さっきも話したけれども、当時のアタシは力持ちでね。シベリア鉄道の広軌の枕木を一人で担いで歩いたし、貨車に踏み板を渡して、一つが九十キロある砂糖の袋を荷下ろしする作業もやりました。踏み板が揺れるから調子を取って歩くでしょう。これを一日やると腰にくるんだけれども、帰りには砂糖をちょっとずつくすねて帰って、他の作業に出ていた連中に分けてやったものでした。みんな、甘いものに飢えていたから喜んでね。……ま、欲張って食べ過ぎた奴は顔が黄色くなって、次の日てきめんに腹を壊してましたよ。……まあ、そんな具合です。どれだけ辛かったかなんてことを今さら話しても仕方がないんでね」

ノートにメモする手を止めて、禄郎さんを見やる。

こんなに小柄で痩せた老人が、かつては筋骨隆々たる青年であったという、そのことがうまくイメージできなかった。

「……そうでしょうか」

「うん？」

「話しても仕方がない、ってことはないと思うんです。当時のことをご存じの方は、もうあまりいらっしゃいません。聞かせて頂けたら、私たちとしてもありがたいというか……」

禄郎さんが頷く。

「なるほど。いや、わかりますよ。悲惨な歴史こそ若い者に伝える必要があるというのは、アタシにもわかります。だけれども、正直言ってそういうのはもう、さんざん語り尽くされてきたんじゃないのかな。まだ足りないというんなら、知るべき側の努力こそ足りないからでしょう。とにかくアタシは、あまりにも多くの死を見過ぎた。今また、そのへんのことをいちいち思い出すのはしんどいんですわ」

黙って頭を垂れるしかなかった。禄郎さんの言う通りだ。

戦争が終わって七十余年。昭和二十年八月十五日からが日本の〈戦後〉だとするならば、そのあとすぐ捕虜にされてシベリア生活を送った禄郎さんにとっての戦後は、それより四年ほども遅く始まった。それでも、たとえば私が十代二十代だった頃と比べたって、夏のあの時季に地上波で放送される関連番組はめっきり少なくなっている。

と、ふいに禄郎さんが私をまっすぐに見た。

「あなたはさ、麻里さん」

「あ、はい」

「あなたはなんで、この仕事を始めようと思ったの」

世間話といったふうではなかった。あらかじめこちらから送った説明のパンフレットを見て、私の興《おこ》した会社と知っての質問だろう。

これまでにも依頼人から訊かれたことがなかったわけではないけれど、ちゃんと答えなくてはと思ったのは初めてだった。握っていたペンを、ノートの真ん中に置く。

「私……いわゆる〈おじいちゃんっ子〉だったんです」

「ほう」

「ほとんど祖父に育てられたようなものでした。わりと早くに両親が離婚して、母は私を連れて実家に戻っていたもので、祖父が父親代わりでした。ちょっと変わった人で、反抗期の激しかった中学生の孫娘と遠慮なく取っ組み合いをするような……。身体は大きくて頑丈だし、口も悪くて、こんなやつ殺したって死なないと思ってたんですけどね」

「――いつ亡くなったの？」

「私が高校生の時で、祖父は七十二歳でした。脳幹出血《のうかんしゅっけつ》であっという間に」

「それはちょっと早過ぎるね」

「高校一年の冬、部活から帰ってみたら、玄関のドアを開けたところに倒れてて……。またいつもの笑えない冗談かと思いました。でも、いつまで見おろしていても動かないし」

禄郎さんの手前、口には出さなかったが、私が宗教というものから距離を置くようになったのはあれがきっかけだった。神様なんかいない、と強烈に思った。いるとしても、こんなことを許すような神様なら、要らない。

「そうして喪《うしな》ってみて初めて、祖父を大好きだったことに気づいたんです。それに、祖父から肝腎な話をまだ何にも聞いてないってことにも」

現実的な事実だけを、私は話した。

「小さい頃に亡くなった祖母のこととか、祖父自身の昔のこととか、どうやって母を育ててきたかってことや、離婚して戻ってくる娘をどんな想いで迎えたのかってことも……。一度はちゃんと聞いておきたかった話がいっぱいあったのに、置いていかれてしまったらもう二度と聞けないんだな、って。――その時の経験が、今のこの仕事につながっているんだと思います」

禄郎さんは、何も言わない。

ややあって、私は再びペンを手に取った。

「話をちょっと戻しますね。ええと……シベリアにいらした四年の間に、いい想い出っていうのは一つもありませんでしたか」

「どうだかなあ」禄郎さんは唸った。「そうね……長い冬が終わって、雪が溶けて、あのとてつもなくだだっ広い大地に色とりどりの花が咲き乱れる光景は、あれはきれいだったね。知らないうちに死んでしまって天国に来たんじゃないかと思うくらいだった。あれだけは、もう一度見てみたかったね」

「復員されたあと、あちらへ行かれたことは？」

「ないない。今どきは飛行機にでも乗ればすぐなんだろうが、アタシには遠い国だよ」

「ほかにはないですか、何かいい想い出」

「うーん、そうだねえ……」

私の頭の上あたりを見やり、すーっと歯の間から息を吸い込む。思い出しているというよりは、話すかどうか迷っているような感じだと思っていたら、やがてふっと柔らかい顔になった。

「たしか二十二年の暮れだったと思うんだけれども、伐採作業中にね。太腿《ふともも》を負傷したんです。今でも傷痕が残ってる」

禄郎さんは、自分の右太腿を指さした。

「酷く化膿して、高熱まで出て……ほら、子どもの頃に従妹が破傷風であっという間に死んでしまったでしょう。思い出すとおっかなくてね。ラーゲリの近くの、フルムーリという町の病院に入院させられた時はどれだけほっとしたか。化膿した患部は、切開して膿を出して包帯を巻かれていたんだけれども、太腿だけにちょっと歩こうとするだけで包帯が落ちてくるし、自分で巻き直すと汚れた部分がずれるわけですよ。軍医が検診に来るたびに、『お前はそうやってわざと傷の治りを遅らせて作業忌避を試みているんだろう』と怒るんだ。困っていたら、ロシア人の看護婦が心配してくれて、検診の前になるときっちり包帯を巻き直してくれたりしました。マリアという名前でね、トウモロコシのひげみたいな色の細い髪に透きとおるような肌の、じつに綺麗《きれい》なひとだった。二十四、五だったんじゃないかな。そのうち、彼女が他の患者に絡まれているところへ、アタシが割って入って助けてやったりもしましてね。まあその、お互いにこう、心に小さな花が咲いたわけですわ」

ずいぶん詩的な言いまわしだと微笑《ほほえ》ましく思っていたら、禄郎さんがちょっと口ごもるような雰囲気があった。

「もしかして、艶っぽい話ですか？」

水を向けると、曖昧に唸ってから小声になった。

「申し訳ないけれども、このくだりは詳しく書かないでおいてもらえるだろうかね。いや、どうせ書かない話をわざわざ聞いてもらう必要もないんだけども」

「いいえ、話して下さい」

手を伸ばし、応接テーブルの上のボイスレコーダーを一時停止した。

「書きませんけれど、私はちゃんと聞きたいです」

このひとのはにかむ顔を初めて見た。

「マリアはね……アタシの片言のロシア語を一生懸命に聞いてくれて、こちらにもわかるようにやさしい単語や言いまわしを選んで答えてくれました。何しろ、日がな一日硬いベッドに転がっている以外にすることもないもんだから、ただただ彼女のことを想っているうちに、気持ちは一気に募っていきました。このまま少しでも長く入院していたかった。退院なんかしたら、もう二度とマリアとは会えないんだから。いっそのこと、あの軍医に疑われたみたいに傷の治りを遅くできないかと思ったものだけれども、そううまくいくわけはないんでね。いよいよ翌日は退院するという晩に……」

相変わらず小さめの声で、禄郎さんは言った。

「周りが寝静まってから、マリアがそっと忍んできたんですわ。なんとなくアタシのほうにも予感があって、暗闇に目を見ひらいて待っていました」

また少し躊躇《ためら》って口をつぐむ。女である私を相手に、話していいことかと迷っているらしい。私が勇気づけるように頷くと、ほっとした顔になった。

「手に手を取り合ってそうっと廊下へ出て、誰もいない病室の物陰に隠れてね。慌ただしさも極まれりの交情だったけれども、恥ずかしながらアタシにとっては初めての女性だったわけで。何しろ、実家を出て町工場にいる間も、それに兵隊に取られてからだって、周りじゅう男ばかりのむさ苦しい毎日だったものだから。ああ、女の人というのはこんなに柔らかくていい匂いがするものなんだと、天にも昇る心地でしたわね。

彼女のほうは、そりゃ明らかに経験がありましたよ。その……達するときに、こちらの肩口に思いっきり歯を立ててね。それだけで、アタシなんぞあっけないもんですわ。やけに懐かしい痛みでした。もっともっと、きつく嚙んでくれていいと思ったな。

服や髪の乱れをそそくさと直しながら、マリアは思いつめたような顔で、このことは決して誰にも漏らさないようにとアタシに言い含めてから、裏口から帰っていきました。まるで昔ばなしの『雪おんな』のようでしたよ。今考えれば、彼女には彼女の事情があったんだろうねえ。これは単なる勘だけれども、おそらくあの軍医に軀《からだ》を与えていて、その見返りとして何らかの便宜を図ってもらってるんじゃないかと、そんなふうな雰囲気にも思えました。いずれにせよ、結ばれたのはそのたった一度だけでね。燃えあがったと同時に消えてしまった恋でしたよ」

今度は私が急須に湯を注ぎ、それぞれの湯呑みに注ぎ分けた。

禄郎さんはソファの背にもたれかかり、わずかに微笑しながらテーブルの上を見ていた。話してもらってよかった。詳細は伏せるにせよ、彼の青春を彩《いろど》る大切な想い出ではあるのだ。親切にしてくれたマリアという名の看護婦がいて、心に小さな花が咲いた、といった程度の書き方であれば大丈夫だろう。

一時停止したレコーダーをそろそろまたオンにしていいものかどうかと考えていると、息を吸い込む気配がした。

「退院して、また同じラーゲリに戻ったわけですけれどもね。しばらくたった頃から、眠りの中に誰かが訪れるようになったんですわ」

「誰かが」

「そう。誰かはわからない。顔が見えないもんだからね。ただ、毎回同じ相手であることは確かで、夢の中のアタシだけはそれが誰なのかわかってるようなんです」

「看護婦のマリアさんではなくて?」

「どうだろうかねえ、よくわからない。ただ、多くの場合は艶夢《えんむ》でね。その顔のない相手と睦《むつ》み合うんだが、これがまあ、夢の中だというのに気絶するくらい気持ちがいいんだ。夢魔、というのが近いんだろうかな。そしてね、これは信じなくてもいいんだけれども――夢の中でひときわ強い痛みを感じた場所を、目が覚めてから確かめてみると、必ずあるんですよ。赤黒い痣《あざ》だとか、歯型にしか見えないような痕なんかが、くっきり残ってるんですわ」

思わず見やった私に、禄郎さんは真面目な顔で頷いてよこした。

「腕とか指の先とか、それこそ肩口なんかにね。必ず痕がある。気のせいか、痛みまである。しばらくすると消えるんだけれども、あんまり不思議な現象だからさすがに悩みましたよ。——あなた、セイコンというのを聞いたことがあるかな」

「せい、こん？」

「聖なるしるしと書くんだが」

ようやくピンときた。〈聖痕〉、スティグマか。

「前にテレビか何かで見たことならあります。狂信的なキリスト教信者のてのひらに赤い痣が浮き出してきて……みたいな感じの話でしたけど」

「そう、もともとは磔になったキリスト自身の手足の傷のことを言うんだけれどもね。敬《けい》虔《けん》な、というか、熱狂的な信者の身体にも、そうした痕が浮かび出ることがあるらしい。科学では説明のつかないことがあるんだね、この世の中には」

私は、壁に掛かっている例の絵に目をやった。キリストは、ああしてゲッセマネの丘で神に祈りを捧げたあとすぐ、ユダの裏切りにあい、ローマ兵に捕えられて鞭《むち》打たれ、磔刑《たっけい》に処された。茨《いばら》の冠を載せられ、両手両足を太い釘《くぎ》で十字架に打ちつけられて。

「つまり――」

声が喉にからみ、私は咳《せき》払いをした。

「禄郎さんの夢と、目が覚めてからの痣も、そういうふうなものだと？」

「いや、そこはわからない。ただただ不思議でしょうがないから、アタシなりに苦しい理屈をひねり出してみただけでね」

「ちなみに、今でも見るんですか」

「何を」

「その夢を」

禄郎さんは、ほほっ、と口を尖らせて笑っただけで答えなかった。

「ようやく復員できたのは、昭和二十四年の八月のことでした」

私は急いでまたレコーダーをオンにした。

「復員船から舞鶴の山が見えた時、あまりにもナホトカの山に似ているもんだから、てっきりまた騙されたかと思いましたよ。他に行くあてもないから実家に帰ってみたら、おふくろが泣いてすがって喜んでくれて、この時ばかりは命があってよかったとしみじみしたなあ。二十歳から捕虜になって、その時点で二十四でしょ。さっさと所帯を持てということで、見合いをしてすぐに結婚しました。それが君枝《きみえ》――さっきの京子らの母親ですわ。親父の友だちの娘で、アタシも子どもの時分に何度か会ってる相手でね。見合いの時も、化粧はちょっと怖いけれども朗らかで綺麗なひとだと思って安心してたんだけれども……これがまあ、いざ一緒に生活してみると、大事な部分が壊れてる女でね」

オンにするのは早まったかもしれないと思った。

「何しろ金遣いが荒いんだ。そこにある金は全部遣っちゃう。アタシはまあ、これも兵隊や捕虜生活の影響なのか、金なんか余計にあったって糞《くそ》の役にも立たないと考えるところがあってね。戦友のつてで保険会社に就職をして、人並みかそれ以上に稼いでくるようになってからも、給料は全部妻に渡して何も口出しせずにいたんです。だけれども、いろいろと肝腎な時でも毎度のように金がない金がないと嘆くもんだから、さすがに見かねて、毎月少しずつでも定期預金に回したほうがいいんじゃないのかと言ってみたら、烈火のごとく怒りだしましてね。般若《はんにゃ》の形相だったですよ。あまりの剣幕に恐れをなして、アタシはそれから後、触らぬ神に祟《たた》りなしを地で行くようになりました。そう、こっちもいけなかったんだけれども。

もう一つの妻の悪癖はね、とにかく家の中が汚いんですわ。いっぺん出したものをもとへ戻すことをしないんです。洗濯ものは取り込んでも畳まずに、積み上げてある山から引っ張り出してまた着ればいいという方式で、食事をした後の汚れた茶碗や皿も水に浸《つ》けたまま置いておいて、次の食事の時にちょこちょこっとすすいで使う。だから我が家の食器はいつもじっとりと脂《あぶら》じみてましたよ。糸底《いとぞこ》の側まできれいになったのは、アタシが定年退職して自分で洗いものをするようになってからのことです。

そういえばこないだの暮れに、アタシら一家が通っている教会で、信徒の奥さん方がみんなして床の雑巾掛けをやっていたんだけれども、ものすごく新鮮というか、神聖なものを見た気がしました。だってあなた、君枝が床の拭き掃除をしている姿なんか、結婚以来亡くなるまで一度も見たことがなかったんだからね」

話しながら、禄郎さんはずっと苦笑いのかたちに口を歪《ゆが》めていた。

「ま、それもこれも、結局は自業自得なんですわ。もともと家の中が殺伐としていたのと、仕事がえらくしんどかった時期とが重なって、アタシがその……ばかげた浮気をしてしまったことがありましてね。これは京子らも知ってることなので、べつに書いてもらってもどっちでもかまわんです。相手の女性とは、心なんか伴わない、あくまで遊びの関係だったんだけれども、だからといって許されるわけじゃないですわね。悪いことはできんもので、これが妻にバレてしまって、そこから後はなかなかの地獄でした。君枝は、アタシを決して許さなかった。何度か自殺未遂もありました。浮気など二度としないからとどんなに謝っても、会社から毎日まっすぐ帰るという約束を守っても、たまたま仕事の関係でどうしても帰れない日が一日あるともう駄目なんです。そこまで努力を重ねて少しずつでも積み上げていったものが、あっという間に崩れてゼロに戻ってしまう。男が仕事をする上での苦労や事情というものを、彼女はまったく理解しませんでした。何日かにわたる出張があるだけで、あるいは休みの日にちょっとパチンコや釣りなんかに行くだけで、女と会ってきたんだろうと何時間も苛《いじ》められる。その妄想があんまり荒唐無稽《こうとうむけい》なものだから、馬鹿ばかしくて取り合わずにいると、ますます怒り狂うんですわ。それもまあ、アタシの言い訳ぎらいが祟ったというか、ちゃんと彼女が納得するまで弁明しなかったのがいけなかったんでしょうな。言い訳と説明は違うものだということがわかってなかった。

何年もそんな具合で、とうとうアタシも疲れ果てましてね。いったいどうすれば信じてくれるようになるのか、そっちから条件を出してくれ、この際どんなことでも呑むからと頼んだら、意外なことを言われました。『洗礼を受けて欲しい』とね」

「え？」

思わず声が出た。

「びっくりするでしょ」

「というか……そこへつながるんですか。教会へは、もっと昔から通ってらしたのかと思ってました」

「うん。妻のほうは、子どもたちがまだ小さかった頃から彼らを連れて、電車でいくつか乗った先のカトリック教会に通っていたんです。アタシは、反対こそしませんでしたが、一緒に出かけたこともなかった。だって、ねえ、わかるでしょ？　人の生き死にの無情を山ほど見てきた後で、今さら神様がどうとか言われてもね。しかもそんな、本当に信じているわけでもないのに方便みたいに洗礼を受けるというのは……とまあ、そう言って説得に努めたんですが、妻は頑として聞きませんでした。どんな条件も呑むと言ったくせに嘘だったのか、やっぱり信用できない、ってね。それでとうとうアタシもあきらめて、神父さんに頼んで洗礼を受けることになったんです。まあ、こう言っちゃ何だけれども、妻にとってのキリスト教というのは、信仰云々というより憧れのハイカラなファッションみたいなものだろうと常々思ってたものでね。だったら、アタシ一人がこう、〈信仰とは〉なんていじいじと悩む必要もないかと、半ばやけっぱちで肚を括るに至ったわけですわ。

　君枝が亡くなったのは今から五年前です。膵臓《すいぞう》の癌《がん》は、痛みがないだけにわからんのですな。しかしそれよりずっと前、それこそアタシが定年を迎えてからほんの数年後には、認知症が始まってね。これがまたあんまりたちの良くないボケ方で、隣近所や、そのへんを歩いてる知らない人まで手当たり次第につかまえては、家の中のものがなくなったとか財布を盗まれたとか、はてはアタシの過去の浮気の話を言いふらすんです。彼女自身の妄想まで盛り込んで、まるで今現在も進行中であるかのようにね。一度なんか、いつも回覧板を持って来てくれるご近所の奥さんとの仲を疑って大騒ぎを始めて、駆けつけてくれた娘と菓子折を持って、そのお宅まで謝りに行ったこともありましたよ」

禄郎さんが、出がらしのお茶を啜《すす》る。喉は渇いていなかったけれど、私も湯呑みを手に取った。庭の梅の木に灰色の鳥が飛んできて止まり、一声鋭く鳴いてまたどこかへ飛び去っていった。

「一度だけ……」

ぽつりと、禄郎さんは言った。

「一度だけですが、叩いてしまったことがあるんですわ」

私は黙って湯呑みを置いた。

「亡くなる前の年でした。風呂を嫌がるのを、何日もかかってなだめすかしてやっと入れて、身体を洗ってやってる最中にまたあの妄想が始まってね。唇の端に泡を溜めて口汚く罵《のの》る妻を見ていたら、いったい何十年前のことだと思ってるんだ、こっちはこんなに尽くしてるのに……そういった想いがふつふつと湧いてきて、ぷつっと何かが切れてしまった。

気がついたら、妻は風呂場の隅っこで小さく縮こまって、『お父さんごめんなさい、お父さんごめんなさい』と、すすり泣きながら震えてました。慌てて彼女に謝っても、まるで傷のついたレコードみたいに『お父さんごめんなさい』が止まらないんだ。どうにかなだめて、風呂に浸からせて……アタシのほうこそ泣きたかったですよ。

あの時のお父さんというのが、このアタシのことなのか、それとも自分の父親のことだったのかは、今考えてもわからんのです。その頃にはもう、少女の昔に返ってしまうこともしばしばだったのでね。いずれにしても、妻の記憶の中から、自分を裏切った亭主への恨みつらみがきれいに消えてくれたのは、最後の半年くらいのことでした。あれだけ激しかった気性が別人のように落ち着いて、うそみたいに可愛い女になりました。娘や息子らが来ている時なんかは、相手が誰かわからないなりに行儀良くしてるんだけれども、アタシと二人きりになると甘えてくっついてきて、耳もとで『お父さん、大好き』なんて言うんですよ。もはや妻ではなくて子どものよう、というか、アタシまでが幼い頃に戻って遊んでやっているような気分でした。

でもね、ふとした時に甦《よみがえ》るんですわ。君枝の好きな粥《かゆ》を炊いてやったり、寝しなに布団をかけてやったりしていると、ひやっと心臓が冷える心地のする時があるんです。いま布団をかけているこの手が彼女を殴ったのだ。感情にまかせて自分より弱い者に暴力をふるったのだ……。叩いたてのひらの感触までありありと甦ってきて、いたたまれなくなりました。本人は叩かれたことなんか覚えちゃいませんからね。ということは、いくら彼女に詫びようが、アタシの罪を許してもらうこともできないわけですよ。そう、永遠にね。

娘たちは、お父さんはよくやったと褒めてくれます。あんなに難しいお母さんをよくぞ最後まで面倒見たものだと。アタシだって、そこに愛情がまったくなかったとは言いませんん。君枝との結婚生活の九割五分ほどは、残念ながら妥協や諦めの積み重ねだったけれども、最後の日々には確かに、情の行き交う瞬間がありました。しかしね、妻が死ぬ間際まで、文字通り献身的に面倒を見たのは、どこまでも利己的な理由からですよ。アタシはね、このどうしようもない慚愧《ざんき》の念から救われたかったんです。それだけです」

禄郎さんが口をつぐむと、家の中はしんとなった。

庭の垣根の外、小さく自転車のベルの音がする。近所の子どもたちが声をあげながらばたばたと走ってゆく足音がそれに続く。

私は、視界の端であの絵をとらえていた。さっきまでは当たり前に目を向けられたのに、今はそれが憚《はばか》られる。闇夜にひとりきり、額に煩悶《はんもん》を刻み、本当にいるのかいないのか何一つ答えてもくれない神に向かって、ひたすら祈りをささげる男――。

と、禄郎さんが、大きな荷物をおろしたようなため息をついた。

「こんなことを話したのは、正真正銘、あなたが初めてですわ。神父さんにすら打ち明けたことはない。正直なところ、神父相手では、妻の悪口なぞ言えなくてストレスが溜まるしね」

私が思わず笑うと、彼も嬉しそうな顔をした。

そして、目の前のボイスレコーダーと、私の膝にあるノートとを見比べた。

「大丈夫でしょうかね。つまりその、あなたのお仕事のほうは」

まるで他人事のようだ。

「大丈夫ですよ」

私は請け合った。

「伺った中からどのお話を盛り込むか、あるいは伏せておくかは、後からどのようにでも調整がききますから。まずはこちらでまとめさせて頂いて、できるだけ早くお目にかけるようにします」

「まあ、そのへんは信頼してお任せしましょ」

と、禄郎さんは目を細めた。

「残る家族が納得するような読みものにしてやって下さい。彼らにとっては今のところアタシの〈自分史〉のほうがオマケなんだろうけれども、相続やら何やらで悩む必要がなくなる頃には、落ち着いて読んでくれるかもしれないからね」

何とも答えようがない。

「承知しました」

と、私は言った。

大丈夫ですとは請け合ったものの、手もとのノートを見るまでもなく、これをまとめるには苦労しそうだった。分量以上に、バランスが問題だ。子供時代からシベリア時代までをふり返る話は、過酷でありながらも彩りに満ちているのに対し、復員後の生活にまつわる述懐はなんとも短くて暗い。禄郎さんが正直に語った結果がこうなのだから仕方がない。

補足として、三人の子どもたちがそれぞれ生まれた当時のことを語ってもらった。明るいエピソードがようやく出てきて、これで何とか形がつきそうだった。

「ついでと言っては何だけれどもね」

禄郎さんが言った。

「時間もそろそろアレだろうけれども、もうひとつだけ、内緒で打ち明けてもいいだろうか」

「もちろんどうぞ。時間なんてお気になさらずに」

私は、レコーダーのスイッチをオフにすると、それをバッグにほうり込んでしまった。

禄郎さんが安心した顔になる。

「じつはね。最近、あのマリアが時々訪れてくれるんです」

「あらまあ。それはそれは」

思わず顔がほころんでしまった。今日一番の嬉しいニュースだ。

「信じられんでしょうが、こんなアタシでもね、夢の中では彼女と互角に渡り合えるんですよ」

「信じますとも」

「あ、そう?」

禄郎さんが人を食った顔で笑う。

「もう、いっそのことね。妻のようにボケてしまいたいと思ったりもするんですわ」

「え」

「そうすれば、ずっと夢の中みたいなものでしょ。あなたがた若い人からすれば、老いぼれがこんな願望を身の裡《うち》に飼っているなんて気持ち悪いと思うかもしれないけれども」

「そんなことないです」

私は、心の底から言った。

「むしろ素敵なことだと思います」

「ほっほ。あなたは、いいひとだねえ」

そして禄郎さんは天井を仰《あお》いだ。

「信仰心なんてものに、何の意味があったんだろうな。あれほど妻に申し訳ないと思っていたのに、今も夢の中でずっと彼女を裏切ってる」

「それはもう、しょうがないですよ。だって、初恋の人なんですから」

「そう、だねえ。そういうことになるのかな」

「でも、そのマリアさんから言われてたんでしょう？　自分との秘密は誰にも話さないようにって。いいんですか、それこそ『雪おんな』のお話みたいに、ここで私に取り殺されてしまっても」

冗談めかして言ったのだけれど、

「いいんですよ」

禄郎さんは、すっと真顔になった。

「もう、いいんです。もう充分過ぎるほど、長く生きた。あなたがじつはマリアなのだったら、このまま連れて行ってもらえるのにね」

胸が締めつけられる心地がした。

伸ばした手を、彼の皺の寄った手の上に重ね、私はせいいっぱい微笑んでみせた。

「そんなこと、言わないで下さい」

年老いたひとは穏やかに笑って私を見ると、目尻にほんのわずか、光るものをにじませた。

「うん。あなたはマリアじゃないな。どこも痛くない」

＊

報せてくれたのは京子さんだった。落ち着いた声で、よかったら最後に父の顔を見てやって下さい、と言った。

私が禄郎さんの〈自分史〉を納品してから、まだほんの半月ほどしかたっていなかった。眠っている間にひっそりと心筋梗塞を起こし、翌朝訪れた京子さんが見つけて救急車を呼んだものの、意識の戻らないまま三日目に亡くなったとのことだった。

カトリック教会と聞いていたから、そびえ立つ尖塔《せんとう》か何かを想像していたのだけれど、実際にはフランスの片田舎にでもありそうな慎ましやかな風情の建物だった。戦後すぐに建てられたものらしい。

裏庭には本家本元を模した〈ルルドの泉〉があり、ごつごつとした石積みの壁を背景に、青い衣をまとったマリア様が天に祈りを捧げていた。あたりの緑が芽吹き始めればさらに美しい場所なのだろう。

風に乗ってどこからか、梅の花の甘い香りがした。禄郎さん宅の庭にあった梅の木も今ごろはと思いながら、私はおおかた二十年ぶりで聖堂に足を踏み入れた。

白い漆喰の壁と落ち着いた木の色が、禄郎さんの自宅の居間と似ていた。アーチ型の大きな窓に嵌め込まれたステンドグラスから陽が斜めに射し、整然と並んだ長椅子には喪服姿の参列者がぱらぱらと座っている。どこかに禄郎さんの背中も見つけられそうな気がして目をさまよわせていると、京子さんが気づいて、前のほうへ手招きしてくれた。

祈りの言葉も聖歌もほとんど記憶のままだったけれど、私はひたすら、正面の祭壇手前に置かれた白い柩《ひつぎ》と、その両側にたっぷり飾られた百合《ゆり》の花を眺めていた。

祭壇上部の十字架には、半裸のキリストが磔になっている。どんなに祈っても、訊いたことにはまるで答えてくれない神のために死んでいった男——信じるというのは忠誠に似て、見返りや約束を求めてはならないものであるらしい。

妻に言われて毎週のようにここへ通っていた禄郎さんは、あの十字架を見上げて何を思っていたのだろう。信仰心なんてものに何の意味が、と天井を仰いだ彼の横顔が、ついさっき裏庭で見た聖母マリアのそれに少し重なる。

私がとりあえず最初にまとめた彼の〈自分史〉を、禄郎さんはただの一カ所も直さなかった。伏せたいと言われた件に関しては書かなかったし、奥さんとの間柄などについても細心の注意を払ったつもりだけれど、それでも人ひとりの一生のことだ。注文には私にできる限り真摯《しんし》に対応しようと思っていたのに、

〈はい。たいへん結構ですね〉

そう言って、あの人を食ったような顔でニッと笑っただけだった。ちなみに遺言状はきっちり書き残したとのことで、おかげで禄郎さんの〈自分史〉は家族にも落ち着いて読んでもらえそうだった。

誰にも言わないように、と口止めされたわけではないけれど、秘密をよそへ漏らすつもりはまったくなかった。

禄郎さんばかりではない。私の中にはこれまでに会って話を聞いた様々な人たちの秘密がずっしりと沈殿していて、それを守りとおすことこそ、神への忠誠よりも大切に思える。もしかするとその二つは、よく似たものなのかもしれないけれど。

最後に聖歌が歌われて告別式が終わると、喪主の挨拶があった。初めて見る長男は細面《ほそおもて》のきつい顔立ちで背が高く、禄郎さんとはあまり似ていなかった。

最後のお別れと献花のために、柩から白い布が取りのけられ、蓋が開けられる。

横たわった禄郎さんは、とても穏やかな顔をしていた。心臓の血管が詰まったか破れたかした時にはさぞかし痛かったろうに、そんなことなど微塵《みじん》も感じさせない、眠るような

死顔だった。

着せてもらっているのは私が会ったあの日と同じ服だ。グレーの綾織りのシャツ、それより少し濃い色のズボン、フェアアイル柄のベスト。

「父が、いちばん気に入っていた組み合わせなんですよ」

隣に立つ次男が教えてくれた。こちらは背が低くて面立《おもだ》ちも似ている。

「記念日の礼拝の時や、とくべつ大事なお客さんが来る時なんかは、よくこの服を選んで着ていました」

そうでしたか、と私は言った。

「よかったねえ、お父さん。この教会で見送って頂けて」

京子さんが泣き笑いの顔で柩を覗《のぞ》きこむ。

「結局、お父さんがいちばん熱心に通ってたもんね」

思わずそちらを見た私に、彼女は、ほら、ここ、と指をさした。

「心筋梗塞の痕なんですよ。血流が滞《とどこお》ったせいでこんなになっちゃって」

胸の上で組み合わされた、禄郎さんの両手——その一本一本の指先が、赤黒い痣のような色に変わっている。まるで、誰かが両手の指をきつく絡め、渾身の力で握りしめていったかのように。

私は手を伸ばし、あの日と同じように彼の手の上に重ねた。
これは、悲しまなくていいことだとわかった。
マリアが彼を訪れたのだ。

物語の終わりと始まり

誰しも心の中に、自身の原点となった物語を抱いているはずだ。私の場合はと問われれば、『ごんぎつね』を外すことはできない。我々は言葉を持っていてなおこのようにわかり合えないものなのだ、という世の無常を、理不尽を、哀切を、子どもだった私の胸に抜けない杭のごとく叩き込んでくれたのはあの物語だった。

同じくらい幼い頃から、〈人〉と〈人ならざる者〉との交情を描くお話に強く惹かれた。皆と遊ぶよりもひとり空想に遊ぶことを好み、人間よりも動物や人形やモノとの触れ合いに慰めを見出してい
た当時の私にとって、物語の中で展開される種を超えた交わりはた

まらなく魅力的だった。

大人になり、目指す場所を自分の意思で選択する力を手にしたいっぽうで、心は縛られることが増えた気がする。

けれども、『ある愛の寓話』と名付けたこの小さな物語たちを紡いでいる間は久々に自由だった。ほんとうに久しぶりに、すべての約束事から解き放たれて心を無限に遊ばせていた。

そう、物語るとは本来、こんなにも胸躍ることだったのだ。

物書きを名乗るようになってちょうど三十年——。原点回帰という以上に、〈自分ならざる者〉へ生まれ直すための新たな出発点のように感じている。

二〇二三年一月　村山由佳

カバー装画&本文イラスト／オカダミカ
装丁／関口聖司

初出誌『オール讀物』

「晴れた空の下」二〇二〇年八月号
「同じ夢」二〇二〇年三・四月号
「世界を取り戻す」二〇二一年五月号
「グレイ・レディ」二〇二一年九・十月号
「乗る女」二〇二一年一月号
「訪れ」二〇二二年二月号

著者

村山由佳

Yuka Murayama

一九六四年七月、東京都生まれ。立教大学卒。
一九九三年、「天使の卵　エンジェルス・エッグ」で
小説すばる新人賞を受賞。作家としてデビュー。
二〇〇三年、「星々の舟」で、直木賞を受賞。
二〇〇九年、「ダブル・ファンタジー」で
柴田錬三郎賞、中央公論文芸賞、島清恋愛文学賞を受賞。
二〇二一年、「風よ　あらしよ」で、吉川英治文学賞を受賞。
恋愛文学の第一人者として、多くの作品を上梓してきた。
二〇二三年、デビュー三十年を迎える。

ある愛《あい》の寓《ぐう》話《わ》

二〇二三年一月十日　第一刷発行

著　者　村《むら》山《やま》由《ゆ》佳《か》
発行者　花田朋子
発行所　株式会社 文藝春秋
〒一〇二-八〇〇八
東京都千代田区紀尾井町三-二三
電話 〇三-三二六五-一二一一（代）

印刷所　精興社
製本所　加藤製本

ISBN978-4-16-391643-9

デビュー三十年

村山由佳の小説

星々の舟　直木賞受賞作
ダブル・ファンタジー（上・下）
花酔ひ
ありふれた愛じゃない
ミルク・アンド・ハニー
まつらひ

（すべて文春文庫）